다 이아리

이아리 지음

다 이아리 :

누구나 겪지만 아무도 말할 수 없던
데이트 폭력의 기록

시드앤피드

차례

프롤로그

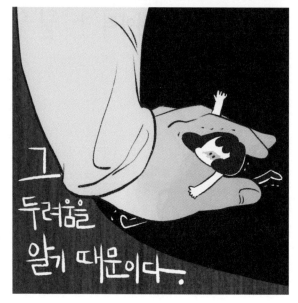

다 이아리.

누구나 다 '이아리'가 될수 있다.

그
사
람

폭력을 일삼는 사람.
험상궂게 생겼을까?
아니면 오히려 평범할까.

소라게가 딱딱한 껍데기 안에 진짜 몸을 숨기는 것처럼,
'그들' 또한 가지각색의 모습을 하고 살아간다.

그와 함께할 때의 행복과 평화가
그를 화나지 않게 하는 선에서만 유지될 수 있다면,
그와 다투는 순간 나에 대한 태도가 돌변한다면,
한순간 그동안 쌓아왔던 모든 것이 산산조각 난다면
그 관계는 언제 파도가 밀려와 무너뜨릴지 알 수 없는
해안가의 아슬아슬한 모래성과 다를 바 없다.

평소에 그는 나를
'유리 같은 사람'이라고 부르며 조심스레 아꼈다.
하지만 그는 그런 유리를 무참히 깨부쉈다가
다시금 그러모아 이어 붙이고,
또 다시 깨뜨리기를 반복했다.

너덜너덜 어긋난 채 붙은 유리는
세상을 제대로 투영하지 못한다.
아주 작은 충격에도 힘없이 주저앉을 뿐이다.

그가 가진
검은 그림자는

껍데기의
빛에 가려져

보이지 않았다.

그는 늘
자신감이
넘쳤고,

뛰어난 언변으로
쉽게 호감을 샀으며,

주변에는 항상
사람이 들끓었다.

그
사
람

나를 떼고 보면, 그는 참 좋은 사람이었다.

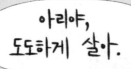

아리야,
도도하게 살아.

서울로 가는 내게
엄마가 해준 말이었다.

가죽지 말고,

너 하고 싶은 거
다 하면서 ──

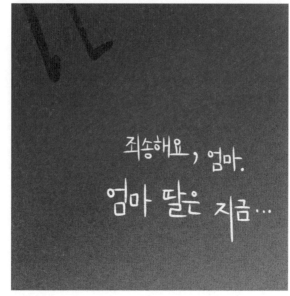

전 3살, 5살 딸 둘을 둔 엄마예요. 첫 연재부터 지켜봤는데 댓글은 처음이네요. 딸을 가진 엄마로서 엄마의 마음으로 안아주고 싶은 때가 정말 많았답니다. 힘들게 용기 내고 이겨내고 있는 작가님, 연재 응원합니다. j.h***

제가 겪은 일도 너무 똑같아서 공감되네요…. 그도 저한테만 그런 거라고 하더군요. 제가 그를 화나게 만들어서 욕이 나오는 거라고…. le***

저런 놈들 특징이 "네가 날 이렇게 만들어"라는 변명이죠. 다른 데선 세상 좋은 사람이라 나조차도 그 말을 믿어버리게 만들죠. 절대로, 그 사람을 그렇게 만든 건 본인이 아니라는 걸 이 상황에 처한 모든 분들이 아셨으면…. ch***

첫 연재부터 보면서 어떻게 저런 인간이 있나 싶었는데, 불과 얼마 전에 친한 여동생이 똑같이 저런 일을 겪은 걸 보니…. 안전한 이별이란 게 당연한 건데 참 어렵네요. in***

올
가
미

짧은 치마, 브이넥이 깊게 파인 티셔츠, 딱 붙는 원피스.
그런 옷을 입으면 다른 사람들이 쳐다본다며
싫어하던 애인의 모습. 익숙한 상황.
그것은 늘 '사랑'이라는 이유로 포장된다.

내가 누군가의 애인이 된다고 해도
나의 의사 결정권은 나에게 있다. 상대의 것이 될 수 없다.
내 옷차림이 자유로운 것과
내가 누군가의 애인이라는 건 별개의 일이다.

넉넉한 품의 티셔츠, 긴 바지를 입은 나와
몸매가 드러나는 짧은 원피스를 입은 나는
같은 사람이다. 그것은 나의 선택일 뿐이다.

하지만 그는 자신이 원하는 틀에 나를 끼워 맞추면서
그 기준을 벗어난 부분은 몽땅 잘라내 버리려고 했다.

나의 세계에는 다른 사람이 들어올 수 없었고,
나조차 그 속에 없었다.
오로지 그 사람만 존재할 뿐이었다.

올가미

올가미

그날은 비가 추적추적
내리고 있었다──.

나는
한쪽 신발이 벗겨진 채로
그에게 끌려갔다──.

골목 끝에
그가
멈춰 섰을 때,

올
가
미

내 발은
물웅덩이를
밟고 있었다.

돌이켜
생각해보면

그에게 있어
나는 —

같은 인간으로서
존중해줘야 할
대상이 아니라,

말 잘 듣고,

착하게 —

예쁘고,

길들이고 싶은 존재가 아니엿을까.

사랑이라는 이름 아래
못 하는 것은 업엇다.

그는 내 주변을 철저하게 정리했다.

남자일 경우에는

연락처를 지우거나
차단시켰다.

여자도
예외는 아니었다.

클럽이나 술을 좋아하는 친구는
만나지 못하게 했다.

그것을

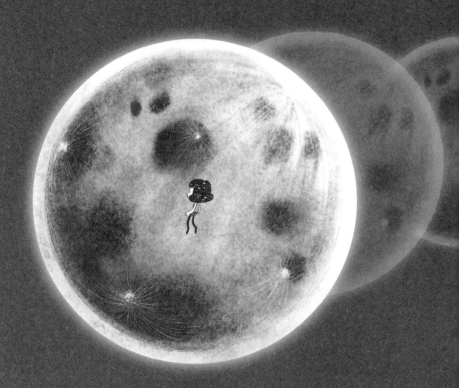

사랑이라 말했다.

그는 나를
외딴 섬으로
만들고 싶어하는 것 같았다.

그가 없으면
아무것도 못 하고,

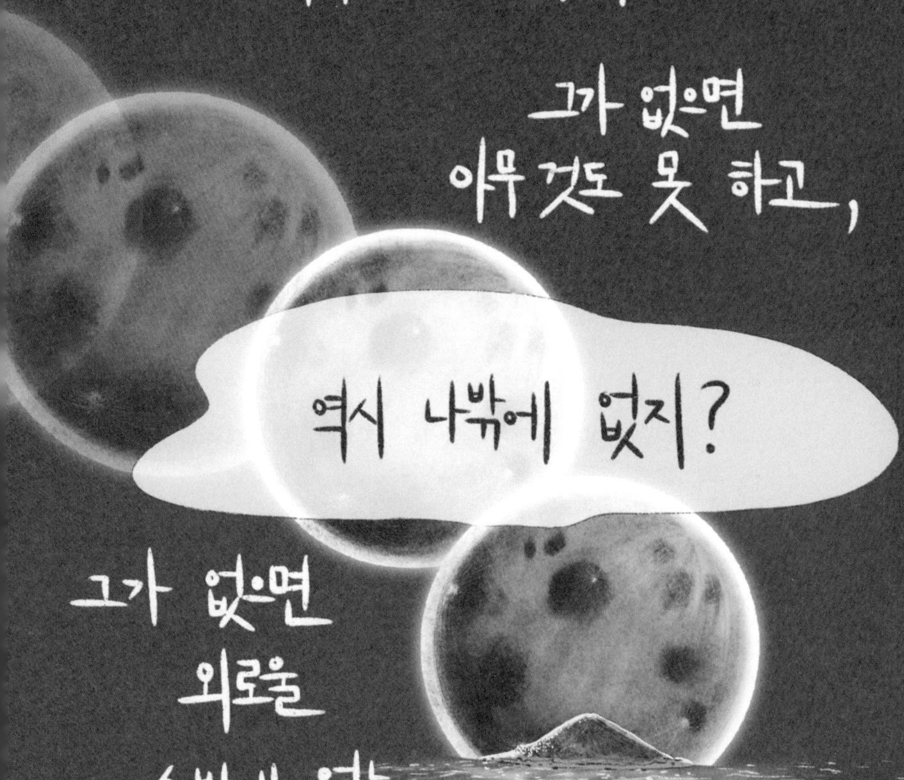

역시 나밖에 없지?

그가 없으면
외로울
수밖에 없는

외딴 섬.

왜 '그래도 이 정도는 아니었어…'라고 하면서 떠오르는 사람이 있고 왜 손은 떨리고 울컥하는지. 댓글 보니 왜 이렇게 비슷한 사람들이 많은지. 이런 남자 못 만난 사람들은 또 왜 이리 많은지. '나는 왜 재수가 없었던 걸까' 하고 또 자책하며 질문하게 되는 절 막아봅니다. _hy***

그런 거 같아요. 한참 힘을 휘두를 땐 자기가 뭘 하는지 모르다가 소기의 목적이 달성되거나 기분이 풀리면 그제야 무슨 짓을 했는지 조금 아는 거요. 저 당시엔 자기가 무슨 짓을 하는지 모르는 거죠. 그 상태가 되면 무슨 수를 써도 나는 막을 수 없고, 말릴 수 없고… 나중에는 그냥 빌게 되더라고요. 그게 가장 빨리 그 상황에서 벗어날 수 있는 길이니까요. 주변에 그 사람 말고 아무도 없었던 그 시절의 저는 그랬어요. gw***

이거 어디 교과서에 나와 있어요? 데이트 폭력 교과서? 왜 수많은 사람들이 비슷한 경험을 공유해야 하는 거죠. 진짜 속 터지네요. eu***

자유의 성

몇 시에 일어나서
어떤 옷을 입고, 어떤 향수를 뿌리고,
어디에 가서 무엇을 먹고, 어떤 일을 하고….
나의 하루는 모두 내가 한 선택으로 가득 차 있다.

만약 나 혼자 하루를 보낸다면
나는 내 앞에 놓인 수많은 선택지 중
가장 원하는 일을 고를 것이다.

그러나 누군가와 함께한다면
언제, 몇 시에 만나는 게 좋은지
어디에서 볼지, 무엇을 할지 묻고
같이 의논하는 게 당연하다.

데이트를 할 때 그런 절차가 당연한 만큼
연인간의 스킨십 또한 동의를 구하고,
합의가 되어야 하는 일이지 않은가.

"너도 원했잖아."
"우린 사귀는 사이잖아."
"네가 나를 유혹했잖아."

나에게 묻지 않고 혼자만의 착각에 사로잡혀
내 몸을 만지거나 강제로 구속하는 것은
당신이 행하는 폭력일 뿐.

나는 당신의 생각에 동의한 적 없다.

드라마 속 남자는
여자의 동의 없이
억지로 입을 맞추며

손목을 잡아 끌고,
힘으로 제압했다.

멈추라는 신호도,
천천히 가라는 표지판도
무시하고 달리는 ———

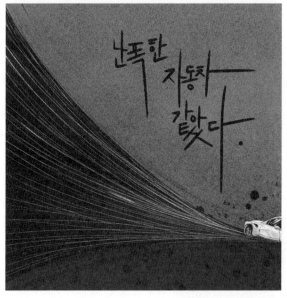

난폭한 자동차 ——
같았다.

학창시절, 나는
달리기를 잘했다.

자유의 성

058

자유의 성

... 내가 스킨십을
하기 싫을 수도
있잖아.

그 사람을
사귄다고 해서

모든 걸 다
허용해야 하는 건 아니잖아.

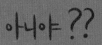

경험이 다 같을 순 없나 봐요. 저는 아리님 같은 성적인 폭력은 없었지만 고립된 상황에서 참 많이 맞았네요. 헤어진 마지막 날도 그랬어요. 이번 에피소드 중에 도망치는 장면을 보니 그날의 기억이 떠올라요. 싸우고 난 뒤 새벽에 자려고 누웠는데, 갑자기 제 집 현관문의 비밀번호를 눌러 도 어락을 열고 난입해 저를 구석으로 몰고 제 머리를 벽에 내려치던 그 사 람 때문에 잠옷 바람으로 도망쳤던 그날 저녁이 생각나요. 컴컴한데 불이 켜져 있는 곳이 편의점뿐이라 거기서 숨죽여 울고 있던 그날 밤이. 남자 친구가 아니라 동물한테 쫓기던 그날 밤이 생각나요. hy***

폭력은 로맨스가 아니에요. 나의 일상적 공포는 로맨틱하지 않은데, 왜 드라마 속에서는 저렇게 포장되는지 모르겠어요. se***

난폭한 자동차에 치이는 교통사고만큼 치명적인 게 데이트 폭력인 것 같 아요. 그런 범죄에 더 이상 사랑이라는 아름다운 단어를 갖다 붙이지 말 길!!! so***

폭력의 굴레

EPISODE. 4

그가 내 앞에 무릎을 꿇는다.
자책하고, 눈물을 흘리며, 반성한다고 말한다.

내게는 평생 남을 끔찍한 기억이
그에겐 찰나의 실수일 뿐이었다.

용서를 해주면 그는 면죄부를 받는다.
'내가 이렇게 해도 나를 받아주는구나.
그만큼 얘도 나를 사랑하나 보다.'

폭력이 반복될수록
면죄부는 쌓이고 쌓여
그에게 단단한 방패를 쥐어주고,
더 큰 위협의 칼날을 휘두를 수 있게 만든다.

사람은 절대 변하지 않는다는 것을
지독한 방식으로 알게 되었다.
나로 인해 상대가 달라질 수 있을 거라는 달콤한 상상은
현실에서는 좀처럼 일어나지 않았다.

다음날이면 그는

다시 평소의 모습으로 돌아왔다.

...아리야.

어제는 내가 잘못했어.

같은 사람이 맞나 싶을 정도로.

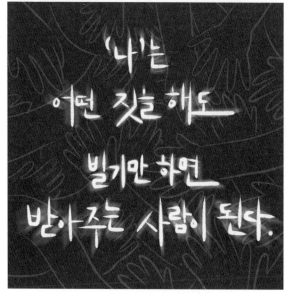

폭력의 굴레

결국에는,

내 뺨을 때렸다.

폭력의 굴레

너무 놀라서
아픈 건 하나도
안 느껴졌는데

주차장 바닥의
차가운 느낌과

뜨겁게
부어 오르던 뺨,

분에 못이겨
주먹으로 벽을 치던
그의 모습,

창틀에 앉히고

폭력의 굴레

075

두 차례 더 때렸다.

한동안은 정말
아무것도
하지 못했다.

일도 나가지 않고
방에서 울기만 했다.

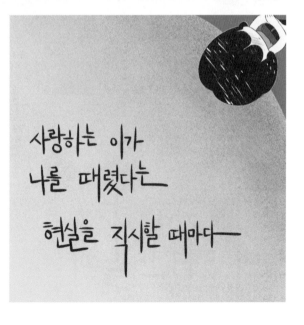

사랑하는 이가
나를 때렸다는
현실을 직시할 때마다—

나의 세계가
무너져 내렸다.

흐윽…

하아…

…으흑…으…

이별 통보도
감정을 추스른 뒤에야
할 수 있었다.

다시 일을 나가야 했고,
밖에서는 웃어야 했다.

누구한테 털어놓을 수도 없고….

창문이 기억난다는 말이 너무 공감돼서 마음이 아파요. 제발 헤어지라는 친구들의 말에 그는 이렇게 말했어요. 걔네들에게 너는 가십거리일 뿐이고, 나랑 헤어지면 넌 혼자가 될 거라고…. 저도 장소를 막론하고 도망쳐보기도 했고 '걸레' 소리도 듣고 맞기까지 했지만, 그때의 저는 이미 벗어날 의지를 갖기조차 힘겨웠어요. 매일 밤 창밖을 보며 뛰어내리고 싶은 마음을 참으며 하루에 한두 시간도 못 잤어요. 그 사람을 만난 단 몇 개월 동안 8킬로그램이 넘게 살이 빠졌어요. 다행히도 지금은 좋은 사람 만나 치유받고 다시 사랑하고 있지만요. 3년이 지났지만 트라우마는 약해졌을 뿐 절대 사라지지 않네요. 가끔 울컥 어지러워질 때가 있어요. 작가님, 용기 내주셔서 감사합니다. 이건 올바른 사랑의 모습이 아니라는 거, 많은 분들이 알았으면 좋겠어요. ne***

뺨을 처음 맞았을 땐 진짜 아픈 건 느껴지지 않았어요. 한 서너 대 맞은 거 같은데, 그렇게 뺨 맞고 그 사람 집에서 쫓겨난 뒤로 제 집에 와서 거울을 보니 제 얼굴이 빨갛게 부어 있고 눈이 충혈된 채로 넋을 놓고 울고 있더라구요. 그리고 카톡으로 연신 날아오는 욕…. 그만했으니 되었다고, 나도 잘못한 만큼 너한테 벌 받았으니 이 정도 했으면 너도 분풀이 한 거라고, 그러니 마음 가라앉혀 달라고 쓰고 있는데 전화가 오더군요. 자기가 선을 넘었다고, 미안하다고요. 당시 저는 사과를 받았다는 사실 자체에 너무 감격했어요. 아, 나한테 사과도 해주는 좋은 사람이구나. 그래 용서하자. 왜 그랬을까요. 저는 지금도 그때의 제가 이해되지 않아요. 그 후로도 당연한 소리지만 폭력은 그치지 않았어요. 전 아마 그때 그렇게 넘어갔던 제 자신을 증오하는 거 같아요. se***

매일 만화가 올라올 때마다 보고 '좋아요'도 누르지만 오늘 에피소드는 정말 좋아요를 누르기가 힘드네요…. 얼마나 힘드셨을지…. 그 힘듦을 이렇게 표현하시는 데까지 또 얼마나 고민하고 고민하셨을지…. 감히 상상도 안 되네요. 뭐라 말로 표현하기 어려울 정도지만 정말 제 맘을 담아 위로하고 싶네요. ju***

어
려
운

이
별

아침이 오는 게 힘들다.
잠에서 깨고 나니 또 괴롭다.
영원히 잠들고 싶다.

이성적으로 생각해서 그에게 이별을 말했지만
하루에도 몇 번씩 속에 있는 울음이 터져 나왔다.

친구는 내 상태를 눈치 채고
핸드폰으로 메시지를 보내왔다.
너는 사랑받을 가치가 충분한 앤데
왜 그런 사람과 사귀느냐고.
그 말을 듣고 또 울었다.

나를 향해 웃고, 다정하게 말하던 그의 모습과
시뻘건 얼굴로 윽박지르며 폭력을 휘두르던 그의 모습이
머릿속에서 뒤섞여 점점 더 나를 혼란스럽게 만들었다.

헤어지자고
했지만
연락이
계속 왔다.

나는
카톡, 전화, 메시지를
모두 차단하고

그는 내가 일하는 곳과
집을 알고 있어

매번 찾아오며

두 달 내내
매달렸다.

공감을 한 번만 누를 수 있는 게 아쉽네요. 천 개 만 개 드리고 싶은데요…. 휴…. 세월이 많이 지났어도 전 계속 그 일들이 기억나지만, 그놈은 잊었겠죠. da***

이런 점만 빼면 좋은 사람인데 = 이런 점 때문에 좋지 않은 사람. 당신의 의지대로 '이런 점'을 뺄 수 있나요? 그냥 그 사람은 좋은 사람이 아닌 겁니다. ra***

아… 보기만 해도 무섭고 치 떨리고…. 비슷한 실루엣만 봐도 온몸이 떨리는 기분. 이야기가 전개될 때마다 마음이 아프네요. ne***

마지막 양심도 없네요. 집에 찾아오다니 ㅠㅠ 어후. 이별 후 자신만의 감정에 빠져 여자 집에 찾아오고 일방적으로 연락하는 것도 진짜 폭력이라고 생각해요. 무서움. ai***

믿음의 끝

EPISODE. 5

그의 잘못이 내 탓이라 생각한 적이 있었다.
그가 변하지 않는 건
어쩌면 내게도 문제가 있기 때문이 아닐까.
내가 변하면 그도 변하지 않을까.

그런 헛된 믿음 속에는 사실
행복해지고 싶다는 마음이
크게 자리 잡고 있었던 것일지도 모른다.

당장 그 사람과 헤어지면 혼자가 되어야 하는 상황에서
나는 그 사람 외에는 만날 사람도, 의지할 존재도 없었다.
그가 간섭하고 끊어놓은 인연의 갈래는
뿔뿔이 흩어져 제각기 흩날리고 있었다.

그가 나에게 심어놓은 불행의 씨앗에서
싹이 트고, 뿌리가 내리는 동안
수많은 고통을 감내해야 했음에도
막상 그 잡초를 통째로 뽑아내려 하니 겁이 났던 것이다.
나의 밭에는 그 잡초가 유일한 생명체였으니까.

하지만 그 잡초를 당장 뽑아내야
다른 씨앗들이 자리를 잡고
새로운 싹을 틔울 수 있음을
나는 뒤늦게야 깨달았다.

바보같이
그와
다시 만났다.

믿음의 끝

주변에서는
나를 말렸다.

세상에
좋은 사람이
얼마나 많은데...
왜 그런 사람을
계속 만나?

폭력적인
성향은 절대
변하지
않아.

나는
안심했다.

믿음의 끝

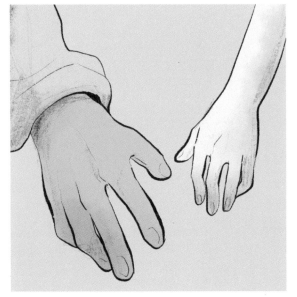

하지만, 그는
더 무서운 모습으로
나타났다.

평소와
다름없었던

방 안은

야!!

같은 선...!

아수라장이
되었고

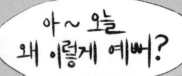

댓글

사랑하는 사람에게 다시 기회를 주고 싶어하는 마음은 바보 같은 게 아니라 생각해요. 그 믿음을 배반한 가해자가 나쁜 거겠죠. se***

저는 아무리 괜찮게 잘살게 되더라도 평생 이 경험은 작품으로 못 남길 것 같아요. 다른 이들에게 이런 실태를 알게 해주셔서, 기록으로 남길 수 있는 용기를 내주셔서 감사합니다. 항상 응원합니다. go***

저희 어머니께서 연애에 대해 이야기하실 때 이런 말씀을 해주셨습니다. "한 번 깨진 그릇은 다시 붙일 순 있더라도 깨진 금은 돌려놓을 수 없다." 그러나 저런 폭력은 금을 떠나 다시 붙일 수 없는 것이네요. dj***

경찰서

아직도 그 새벽의 공기를 잊지 못한다.
모두가 잠든 시간,
조용한 거리와 어두운 하늘,
김이 서려 희뿌연 창문.
간간이 들리는 무전 소리,
급하게 걸쳐 입고 나온 까만 외투의 차가운 감촉.

경찰서로 이동하는 동안에도
도착해서 조서를 쓸 때에도
나는 한 방울의 눈물도 흘리지 않았다.

이게 현실이라는 것이 믿기지 않았고
얼른 이 순간이 지나가기만을 기다렸을 뿐이다.

조사를 마치고 밖에 나오니 아침이 되어 있었다.
아무 일도 일어나지 않았다는 듯,
사람들은 평소처럼 바쁘게 움직이고 있었고
그 속에서 나는 터덜터덜 집으로 돌아갔다.

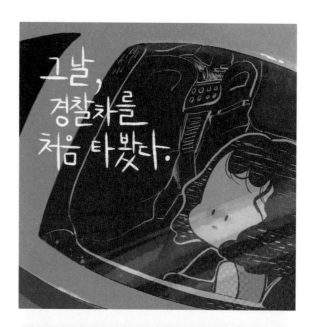

나는 조서를
쓰게 되었다.

출동했던 경찰은

있었던 일들
다 얘기하세요.
겁먹지 말고…
잘할 수 있죠?

라며 날 다독였다.

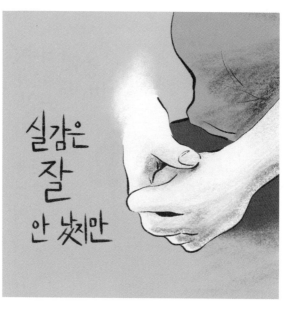

앉아!!
앉으라고, **야!!
**!! 형사면 다야?
이거 과잉취조야.
어?!

그와 형사들의 고함소리가 들렸다.

· · · · ·
· · · · ·

나는 여기 온 것만으로도

이렇게 긴장되고

떨리는데 …

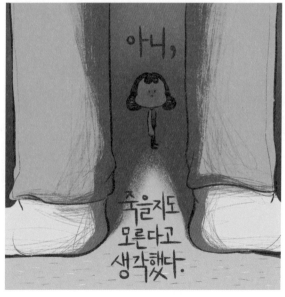

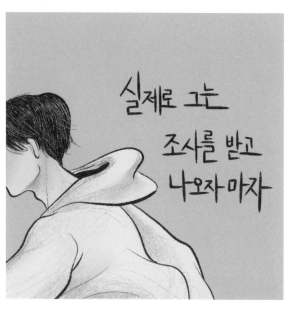

실제로 그는
조사를 받고
나오자 마자

우리 집에
찾아
왔었으
니까.

이제 내 인생은 끝났어….
사회에서 매장 당할 거야….
나 진짜 무서워….
사람들이 나를 어떻게 보겠어…!
조서 기록, 평생 남으면 네가 책임질 거야?

… 맞아요, 형사님.

죄송합니다….

저도 지금,
제가 뭘 하고 있는 건지
모르겠어요.

나는 제대로
도움 요청을
하지도 못했고

가해자는 바로
내 뒤에 서 있다.

나는

너를 잃었다——.

댓글

빨간줄이 그어질 가해자의 인생이 앞으로 살아갈 피해자의 인생보다 중요한 이상한 사회가 너무 답답하기만 합니다. gk***

강자가 약자에게 힘을 쓰는 걸 너무 당연하게 받아들이니 약자에게 어떻게 대응했어야 했다는 말을 하게 되는 것 같네요. 피해자가 잘 끊어내야 한다, 벗어나라고 하기 전에 어떤 상황에 놓여 있었는지부터 생각하고 위로해주면 좋겠습니다. 피해자가 용기를 낼 수 있도록 말입니다. *****

이 만화에서 가장 중요한 연출 중 하나는 저 폭력 전과자 인간이 '정상적이고', '멀끔하고' 어쩌면 '미남'일 수도 있게 그렸다는 거라고 생각해요. 겉보기에 말짱한 놈들도 폭력을 휘두르고 말과 행동으로 교묘하게 정서적 학대를 저지릅니다. *****

전
환
점

"너를 너무 좋아해서 그랬어."
"네가 나를 무시하는 것 같았어."
"다시는 안 그럴게. 평생 뉘우칠게."

같은 대본을 받은 연기자들처럼,
데이트 폭력 가해자들이 하는 말은 한결같았다.

피해자들의 모습도 마찬가지로 닮아 있었다.
애인이 반성했으니 앞으로 달라질 거라는 헛된 믿음과 기대.
가스라이팅으로 인한 낮은 자존감.
또 다시 반복되는 폭력과 좌절의 굴레….

뉴스에 나오는 사건들은
더 이상 남의 이야기가 아니었다.
어쩌면 나도 비극의 주인공이 될 수도 있겠다는 두려움은
나를 암흑 속으로 깊이 밀어 넣었다.

그는
원인이
나에게
있다고 했다.

"네가 나를
무시하는 것 같아서
그랬어."

이해가 되지 않았다.

136

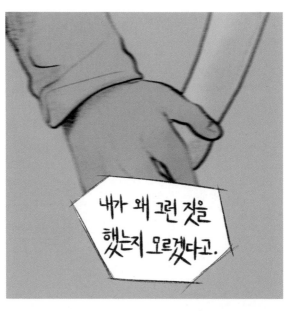

그가 달라지길 바라며
기다렸던 시간이

사실은
무서운 끝을 향해
가고 있었다는
생각이 들면서

그가 흔들리기도 하고,

내가 흔들리기도 하면서

쉽게 빠지지 않고,
여전히 전체를 망치고 있었다.

처음에는
얼떨떨
했지만,

나를
통제
하던
그의 울타리를 벗어나

다른 사람들의 세계를
들여다보니,

아무 남자와도
연락하지 마.

그 선배 만나지 마.
술 마시지 마.

그 옷
입지 마.

그에겐 당연했던 것들이

힘들 땐
참지 않고
펑펑
울기도 했다.

그러다
보니
어느 날,

허전함이 편안함으로
바뀌는 순간이 왔다.

진짜 '무시'당하는 듯한 기분이 들면 '왜 날 이렇게 대할까', 슬퍼하고 아파하는 게 정상 아닐까요. 저렇게 폭력, 폭언을 하는 게 아니라…. 애초에 사랑하지 않았다는 걸 아주 잘 보여주네요. op***

저 상황을 무시당했다고 보기도 어렵지만, 직장 상사에게 '무시'당해도 덩치 큰 남자에게 '무시'당해도 여자친구 때리듯 때릴 수 있을까…. po***

사람은 고쳐 쓰는 게 아니라 다른 사람으로 바꿔 쓰는 거라고 하더라고요. 한 번 폭력성을 보인 사람은 변한 것처럼 보여도 언제 다시 터질지 모르는 시한폭탄을 안고 있는 것과 같다고 생각합니다. 모든 이별이 안전하길 바랍니다. hj***

불청객 —

원치 않는 순간에,
보고 싶지 않은 방문객이 무턱대고 나를 찾아오는 건
평화로운 산길을 걷다가
곰이나 멧돼지를 만나는 것만큼 살 떨리는 일이다.

동굴에 숨어도 안심할 수 없다.
그 동굴로 가는 길을 그는 잘 알고 있으니까.

새벽이
가까워진
시간,

나와····

그는 술에
잔뜩 취한
상태로

길고양이들만
넘나 들던 그 담벼락을

그가
타고 올라왔을 거라
상상하니

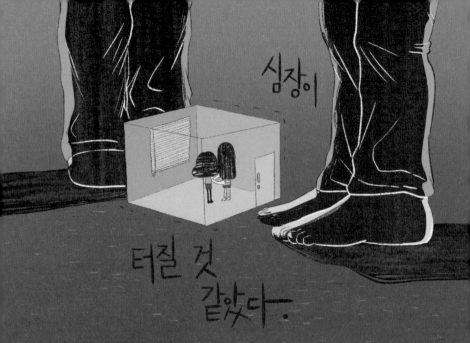

심장이

터질 것
같았다.

…이아리…

다행히
창문은
잠겨 잇엇지만

169

저희 집 앞에 누가
와서 소리지르고, 발로
현관문을 걷어 차요.
그리고 지금은
창문으로
넘어왔어요.
제 생각에는

그 사람이
바로…
제
전 남자
친구인 것
같아요.

전 아주 오래전에 들었던 지인의 얘기인데, 계속 문을 안 여니까 현관문 밑으로 장송곡 앨범을 밀어 넣었단 얘기 들었어요. 그분도 여동생이랑 엄청 떨었다고 하더라고요. jo***

이 상황에 대한 두려움, 동생에 대한 미안함, 그 괴로움이 그림만으로도 느껴지는데 당사자는 얼마나 괴로웠을까요. yo***

저도 웬 남자가 주차돼 있던 트럭을 밟고 올라서서 제 방 창문을 들여다 본 이후로 3층 이하에서는 못 살겠더라구요. 한여름에도 창문 꼭꼭 닫고 살았어요. 여성들은 안전에 대한 비용으로 비싼 월세를 지불해야 한다는 말을 새삼 느끼게 됐네요. go***

불청객 II

지금 살고 있는 원룸으로 올 때,
그가 이사를 도왔다.
그게 정말 후회됐다.
이사는 동생과 둘이서 해결할걸.
아직 계약 기간이 꽤 남았는데,
그가 우리 집을 알고 있다는 사실에 숨이 막혔다.

헤어짐과 만남을 수차례 반복하면서도
그는 변한 게 하나도 없었다.
술에 취해 흥분해서
자기 자신 하나 절제하지 못하는 모습.
모든 문제의 화살을 내게 돌리며
험한 말을 내뱉는 모습.
상식에서 벗어난 수준의 지독한 집착.

그리고 이제는 나뿐만 아니라
내 주변 사람들에게까지 위협을 가하고 있다.
그런 그가 끔찍하게 싫다.

불청객 II

밖에서는

집주인의
목소리,

그의
고함소리와

출동한
경찰들의
목소리가

한 데 섞여
시끄럽게 울렸다.

당시에는 혼자여서
차마 용기가 나지 않았는데...

지금은

내 편이 되어주는

사람들이 있으니까

그를 막고,
피하는 건

또 다시
나의

목으로   남았다.

그렇게
경찰들은
돌아가고,

196

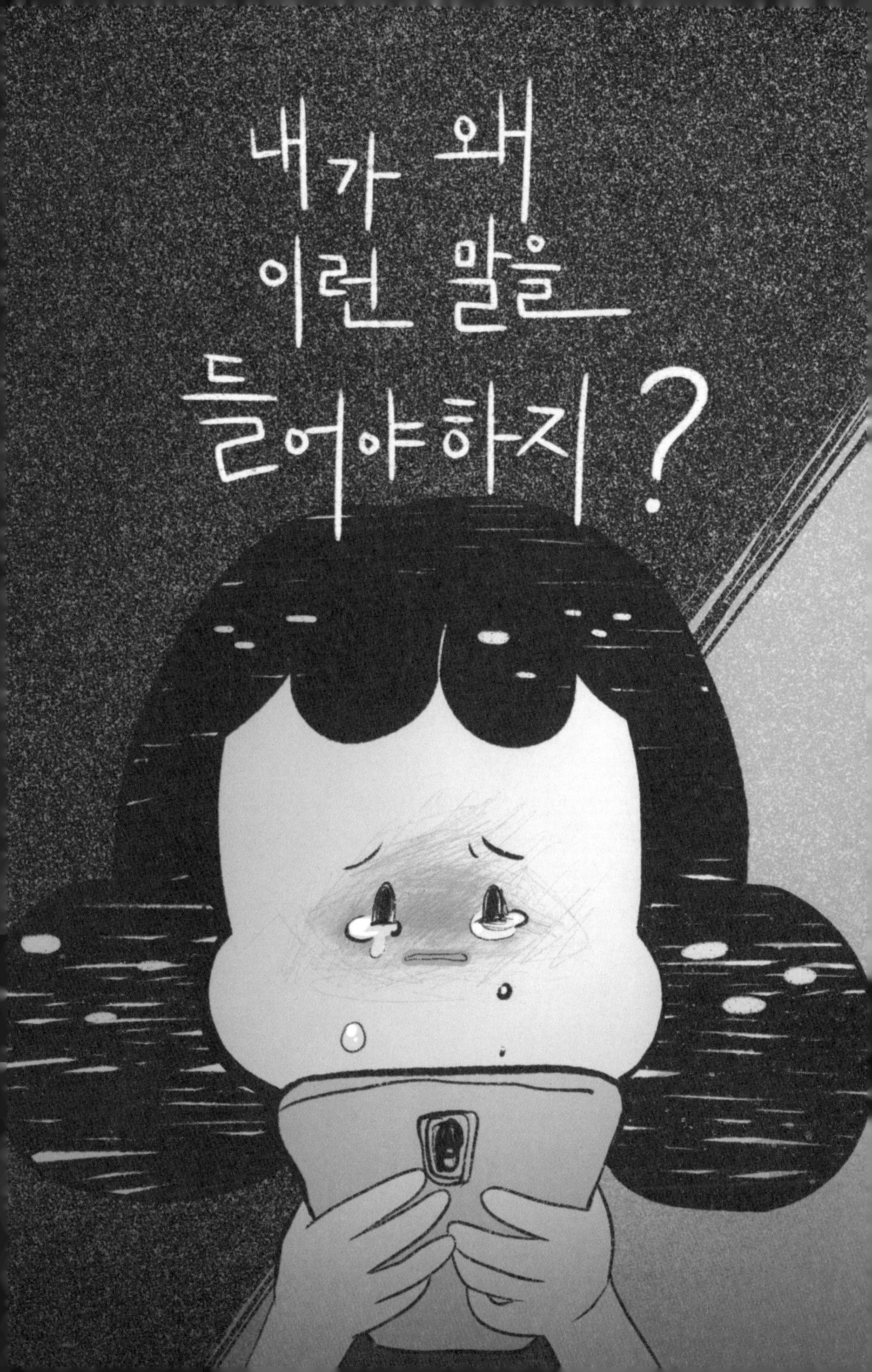
내가 왜
이런 말을
들어야하지?

○● ────────────────────────────────
　댓글

와 진짜 이렇게 현실감 없는 이야기가 번번히 현실이 되고 있다는 사실에 소름이 돋네요. uo***

사귀지도 않았던 지인이 새벽에 제 이름을 부르며 제 집 문을 열려고 시도했어요. 아리님처럼 집에 없는 듯 모든 방의 불을 끄고 이불 속에 있었습니다. 혹시 몰라 방에 들어가 방문까지 잠그고서요. 몇 시간을 떨다 날이 밝고 경찰에 신고하니 별일 없었으니 뭐 해줄 수 있는 게 없대요. 아는 사람이면 그 사람 이름이랑 연락처 말해놓으라고 하더라고요. 저한테 무슨 일 생기면 제일 먼저 그 사람을 조사할 거라면서…. be***

남자친구여도 이럴 권리 없다고 외쳐주는 집주인 아저씨, 감사하고 멋지시네요. pe***

집주인 아저씨께 감사하지만 한편으로는 씁쓸하네요. 남자가 지켜주니 고마운 줄 알라는 식으로 댓글 달았던 누군가에게 "나는 누군가 나를 지켜주지 않아도 안전한 사회를 원한다"라고 말했던 기억이 나서요. ta***

피
해
자
에
게

주변 사람들에게
내가 겪은 일을 자세히 말한 적은 없었다.
그가 물건을 던지거나 폭언을 했다는 사실 정도만
몇몇에게 알렸다.

내가 뺨을 맞았다는 것, 목이 졸렸다는 것,
차 안에 감금당했다는 것,
그 어떤 것도 말하지 않은 이유는
사람들이 나를 이상하게 볼까 봐 두려웠기 때문이다.

'남자 보는 눈이 너무 없다.'
'너도 뭔가 잘못했겠지.'
'원인을 제공했던 거 아냐?'
'진작 헤어졌어야지.'
'왜 바보같이 굴었어.'

그렇게 뒤따라올 시선과 말들을 견딜 자신이 없었다.
내 잘못이 아니었음에도, 나는 움츠러들었다.

하지만 이제는 말할 수 있다.
이런 일들을 겪었다고.
그건 내 탓이 아니었다고.
나는 잘못한 게 없다고.
나는 매 순간 최선을 다했다고.

불현듯 떠오르는
기억이 있다.

그에게 맞고 나서
그의 어머니에게
전화를
걸었던 날.

저를 때리고
밀쳤어요 …
흑… 흐윽…

피해자에게

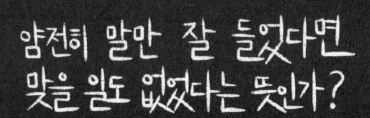

그럼
반대로,

그의 성격이
불 같으니까,

나도 그를
때려도 된다는 말인가?

때리지 말고,
괴롭히지 말라고
해야 하는 거 아닌가?

피해자와 가해자를 분리하고,
적절한 조치를
취해야 하는 거 아닌가?

피해자에게

가해자를 막을 수 있는
강력한 법과 체계의
부재.

그 속에서 나는,
어쩔 수 없이
도망친다——.

당신에게,
당신의 친구에게,
가족에게
다가갈 수도 있는데

그럼에도
피해자가 도망치는 것이,
가해자의 비위를 맞추는 것이

과연
해결책이라고
말할 수 있는지
묻고 싶다.

첫 회부터 이번 회까지 단숨에 정독했습니다. 뉴스 기사의 단 한 줄, 몇 마디, 때론 뿌옇게 뭉개진 화면 뒤, 살아 있던 사람의 정면을 응시한 느낌이에요. 데이트 폭력, 스토킹 처벌법이 정말 절실하다는 것을 알게 되었습니다. 무엇보다 그림과 글 자체만으로도 수작입니다. 좋은 작품 그려주셔서 감사합니다. *****

제가 폭력을 당하다 벗어났을 때 제일 먼저 들었던 소리가 "얘기 들어보니 너도 딱히 잘한 건 없던데"였어요. 그 말이 몇 년이 지난 지금도 마음을 후벼 파네요. 피해자를 탓하는 말이 더 큰 상처가 되더라구요. ro***

우리나라는 가해자와 피해자를 바라보는 눈이 좀 독특한 거 같아요. 그런 시각이 가해자와 별반 다르지 않다는 생각도 들고요. *****

가해자에겐 어떻게든 범죄를 저지를 수밖에 없는 안타까운 사연을 찾아내고, 피해자에게는 어떻게든 범죄를 당할 짓을 한 잘못을 찾아내는 게 현실. *****

피해자는 피해자일 뿐입니다. 피해자에게 "왜 진작 헤어지지 못했느냐", 라고 하는 것은 피해자에게 또 다른 상처를 입히는 2차 가해입니다. i_***

이별, 그 후

몇 달 후, 나는 이사를 했다.
원래 살던 동네와 아주 떨어진 곳으로.

SNS 계정도 삭제하고, 휴대폰 번호도 몇 번이나 바꿨다.
지인들이 내 번호를 혼동하고,
몇 번이나 다시 물어봐야 할 정도로 자주.

그제야 비로소 조금 마음을 놓을 수 있었다.
이제 그는 나를 찾을 수 없겠구나.

덫을 놓고, 함정도 파고, 샛길도 냈으니
적어도, 오는 길에 많이 헤매겠구나.

제발 그가 그냥 행복했으면 좋겠다.
더 이상 나를 떠올리지 않아도 되도록.
그리고 다음에 만나는 사람에게는
그러지 말았으면 좋겠다.

당신이 했던 건 사랑이 아니었어.
그건 사랑이 아니야.

이별, 그 후

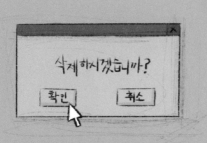

삭제하시겠습니까?

확인   취소

사진을 모두 지웠다.

몇 년간의 내 청춘이

많은 것을 기억하고 싶어서 쓰기 시작했던 일기장에는

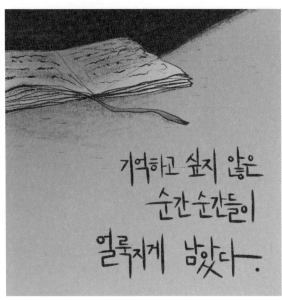

기억하고 싶지 않은 순간 순간들이 얼룩지게 남았다.

눈에 보이는 것들은
정리할 수 있었지만

마음은 여전히   불안정했다.

밤에는 늘 뒤척였고,

어쩌다 잠드는 날엔 꼭 악몽을 꿨다.

또 찾아오면 어쩌지? 보복하면 어쩌지?

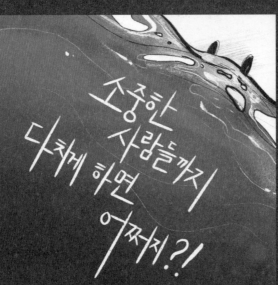

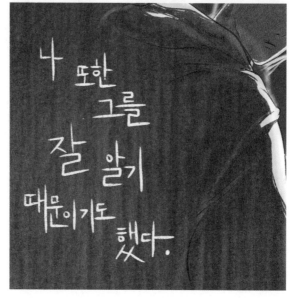

사귈 당시, 그는
내 메신저 대화 기록을
보고 싶어 했다.

그러기 위해선
비밀번호
4자리를 알아야 했고

이별, 그 후

그는 집요했다.

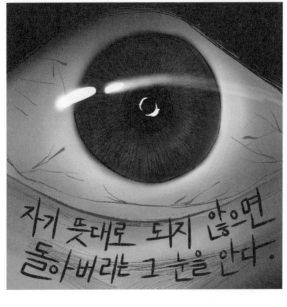

자기 뜻대로 되지 않으면
돌아 버리는 그 눈을 안다.

이별, 그 후

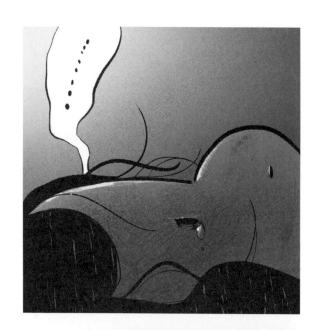

그
칼 끝을
피하기 위해서는
무엇을, 어떻게 해야 좋을까.

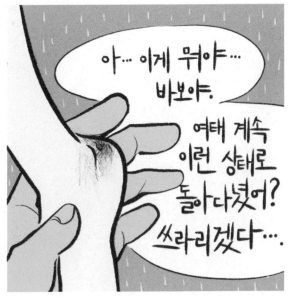

이
별,
그
후

이게 실화라구요? 공포감이 어땠을지 짐작도 안 될 정도네요⋯. 그런 일을 제가 겪을 수도 있었고 제 딸이 겪을지도 모르는 일이라고 생각하니 소름이 끼치고, 작가님이 실제로 그 공포 속에서 떨고 계실 모습을 생각하니 너무너무 마음이 아프고 슬프고 화나고 분노합니다⋯. 지옥 같은 시간 끝까지 견뎌주시고 버텨주셔서 감사해요. eu***

맞아요. 정말 내가 힘들어서 그 사람의 행복을 빌어준다는 거. 주변 사람들은 아무도 이해를 못 하더라구요⋯. ju***

이 세상에 모든 아리들이 행복에 겨워서 힘들었던 과거가 기억이 안 나면 얼마나 좋을까요. 불쑥불쑥 기억이 올라와 숨 쉬기 힘들어도, 나를 안아주고 이해해주고 사랑으로 품어주는 사람이 있다면 행운이겠죠. wo***

마침표와 물음표

나는 아직도 길을 걷다가
그를 조금이라도 닮은 사람을 보면
심장이 내려앉는다.

마침표를 찍기 위해
얼마나 수없이 이별을 말하고,
도망치고, 또 붙잡혔는지 모르겠다.

헤어지고 다시 만나는 일이 반복되는 동안
점점 폭력에 무뎌지고 이별이 어려워졌다.
또 다시 용서해주고 받아줄 거라는 믿음을
그에게 심어준 꼴이 되어버렸다.

숨 막히는 연애를 끝내고 싶었다.
그래야 내가 살 수 있을 것 같았다.

낮선 내 모습을 견딜 수 없어서

망설임 끝에

그의 누나에게
연락을 했다.

다
알아 줄
거라고.

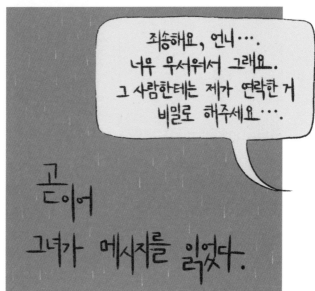

죄송해요, 언니···.
너무 무서워서 그래요.
그 사람한테는 제가 연락한 거
비밀로 해주세요···.

곧이어
그녀가 메시지를 읽었다.

마침표와 물음표

그래서
답을
안 듣는 게

나 스스로를
보호하는
길인 것 같았다.

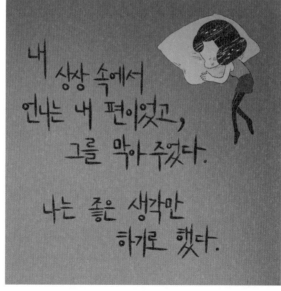

내 상상 속에서
언니는 내 편이었고,
그를 막아 주었다.

나는 좋은 생각만
하기로 했다.

마침표와 물음표

그리고, 거짓말처럼

그는

더 이상 나를

찾아오지

않았다.

그가 날 놓아준 이유는

정확히 알 수 없었다.

언니가 도와줬나?
경찰에 또 신고할까 봐
겁이 났나? 반성했나?
새로운 사람을 만났나?

내가 이렇게 맘 졸이는 동안 그는 아무렇지 않게 지냈겠지.

나는 이 끔찍한 기억을 평생 안고 살아가야 한다.

나는 조급했다.
빨리
이 상처를
가리고 싶었다.

당신이 없어도
행복하다고.

아니,

당신이 없어야
내가 행복하게 살 수
있다는 것을
증명하고 싶었다.

끝이 나서 너무 다행이에요. 하지만 직접적인 요인이 사라진 뒤에, 대상이 불특정한 불안과 끝없는 우울을 직면하는 순간, 나는 영영 여기서 벗어나지 못하겠구나 하는 무력감을 느끼게 되더라고요. 그래서 한참 동안 더 힘들었어요. 아리님은 좀 더 빠른 시간 내에 회복하실 수 있었으면 좋겠어요. 인생의 너무 많은 부분을 흘려보내지 않으셨으면 좋겠어요. ji***

물음표가 가득한 요즘입니다. 저는… 마침표가 필요한데 말이죠. 제 마침표는 언제쯤 찍을 수 있을까요…. a6***

저도 상처를 조급하게 빨리 덮으려고 했어요. 그러다 보니 꼼꼼하게 덮지는 못해 가끔 저도 모르게 그때 기억이 불쑥불쑥 고개를 내밀려고 하더라고요…. 괜찮아요…. 그래도 언니는 충분히 대단한 일을 하셨어요. 누구라도 자신의 상처를 가리기 바쁘지, 이렇게 사람들에게 문제의 심각성을 알리는 사람은 보기 드물거든요. 언니 덕분에 데이트 폭력에 대해 사람들이 더 관심을 가지고, 피해자들도 부담을 적게 가지고 자신의 아픔을 표현할 수 있는 기회를 얻은 거잖아요. 일상에 잠시 덮여 있다 언젠가 자신도 모르게 그때의 기억이 불쑥 나타나더라도, 잊지 말아요. 이제 언니는 혼자가 아니라는 걸. 적어도 이 만화를 본 독자들과, 또 독자들 외에 훨씬 더 많은 사람들이 언니 편에 알게 모르게 많이 존재한다는 것을. so***

방황 一

그와 헤어진 후,
내 손에는 수많은 인연의 씨앗이 주어졌다.
어떤 씨앗을 심어야 건강하게 뿌리를 내릴 수 있을지
고민하고 또 고민했다.
내 마음의 밭에 싱그러운 식물이 자라길 바랐다.

하지만 씨앗은 뿌리를 내리기도 전에
말라비틀어지거나 또 다른 잡초가 되었다.

그래서 나는 밭을 온통 헤집었다.
너도 잡초였구나, 너도 결국 그랬구나….
이제는 더 이상 어떤 씨앗도 심고 싶지 않아.

그와 헤어진 후,

나는 빈 자리를

다른 사람으로

채우려 했다.

나의
괴로움을

다른 이의
보살핌으로

채유하려 했다.

하지만 대부분은
상처를 들쓰시고 끝나버렸다.

아리야. 고민거리 있으면
언제든 나한테 말해.
너에게 도움이
되고 싶어.

상담사 일을 한다던
한 사람은

방황 I

276

277

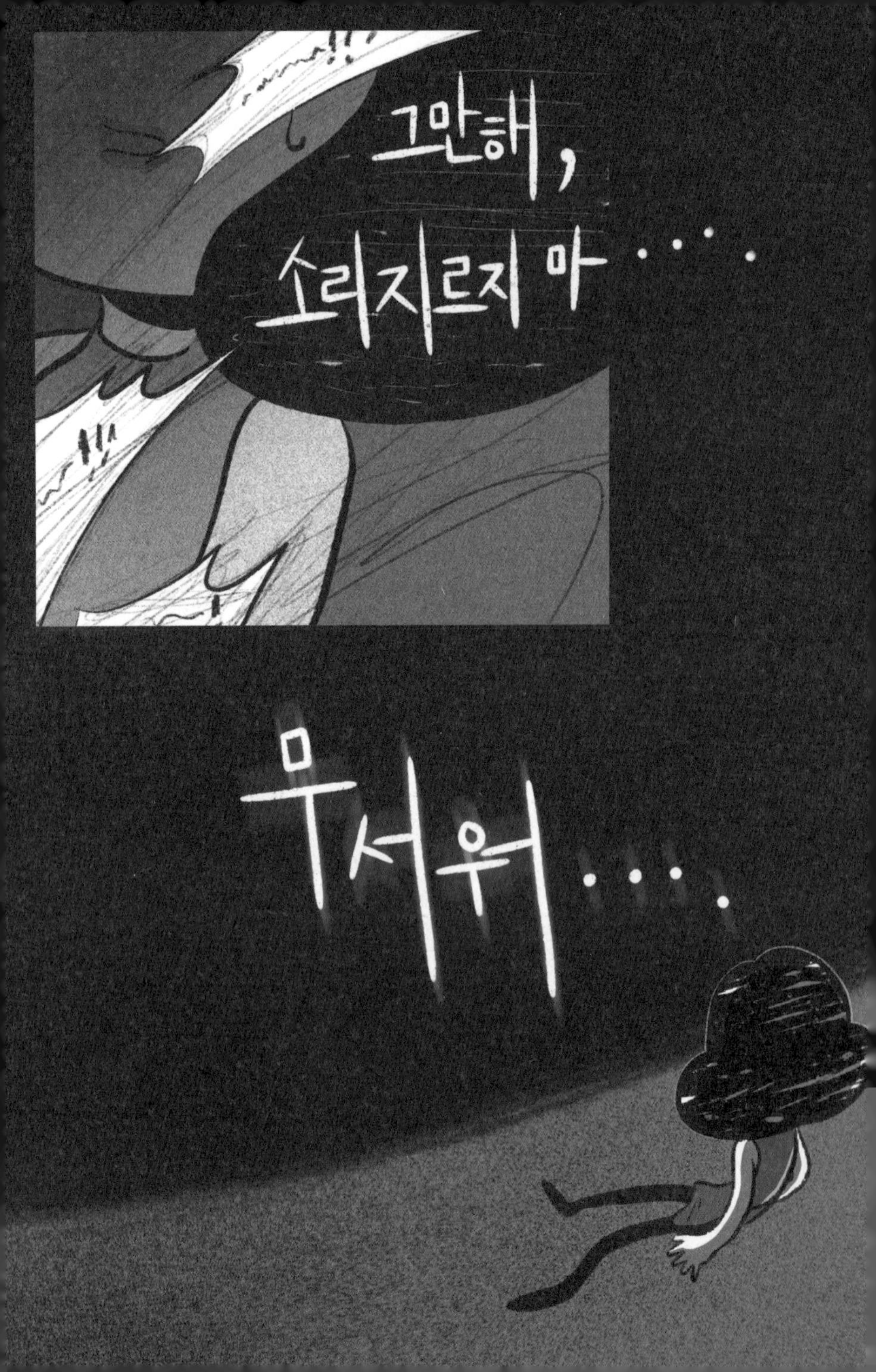
그만해,
소리지르지 마….
무서워….

이 상황이
잘 못 되었다는 걸
모르는 게 더
무섭단 말이야....

그래서
차라리

저,
집에 갈래요....

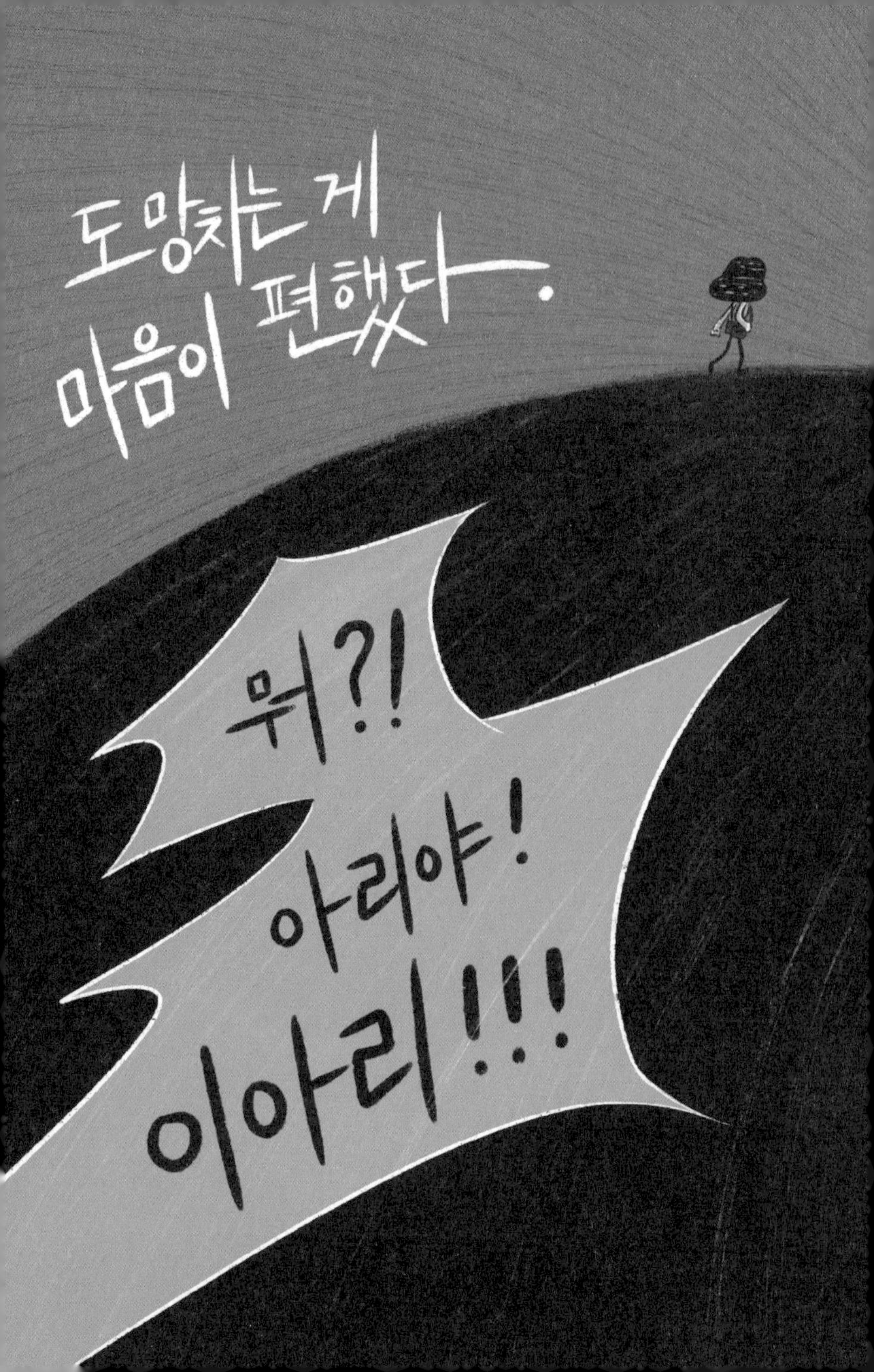
도망치는 게
마음이 편했다.
뭐?!
아리야!
이아리!!!

모든 사람이 다 이렇지는 않으며, 좋은 사람들도 많이 있다는 걸 알아요. 당시 제게 다가왔던 이들이 정말 이상했을 뿐이죠. 상처를 극복하는 데 때로는 타인의 도움이 구원이 되기도 하지만, 가장 중요한 건 나 자신을 돌보는 거라는 것도 이제는 알아요. 모든 분들이 아프지 않고 행복했으면 좋겠어요. 이아리 작가

어떤 화보다도 제일 소름 끼치고 무서워요. 내 바닥에 생긴 구멍에 맞지 않는 시멘트로 억지로 메우려고 했는데 그 안에서 시멘트가 부서진 것 같아요. 그래서 구멍은 더 커진 것 같고… 너무 무서워요. rl***

잘 감췄다고, 티 안 낸다고 생각하지만 사실 저런 하이에나 같은 놈들 눈에는 상처받고 힘든 사람들의 약함이 잘 보여요. 그래서 목표물로 설정하고, 처음에는 잘해주다가 금세 본색을 드러내죠. 걸려든 사람 잘못이 아닙니다. 나쁜 사람들 잘못이죠. 나쁜 사람들에게 오래 휘둘리다 보면 자존감이고 뭐고, 심신이 지쳐 자신이 누군지도 잘 모를 수 있어요. 그럴 땐 내 마음을 지켜줄 사람을 필요로 하고 찾게 되는 것 같아요. 스스로를 다독이기가 힘드니까. 잘 견뎌주어서 고마워요. 우리 멀리 보지 말고 오늘 하루만 더 잘 버텨봐요. 상처받은 모든 분들의 하루를 응원합니다. tt***

고작 헤어짐일 뿐인데, 나의 안전과 생명을 담보로 '안전하게' 헤어질 수 있을까를 걱정해야 되는 게 너무 슬프다. ov***

방
황
II

사람을 만나고, 믿고, 마음을 여는 일이
또 다른 상처가 되어 돌아오는 것은 참 가혹했다.

잘 웃고, 싫은 소리를 잘 못하는 내 성격이
그들에겐 공격할 지점이 되고
파고들 여지가 된다는 것이 갑갑했다.

마음속에 독을 품고 있으면,
늘 누군가를 경계하고 쉽게 도망치면
더 이상 슬픈 일은 일어나지 않게 될까.

데이트 폭력 경험을
털어 놓았을 때에도

울지 마세요. 그 사람,
정말 나쁘네요.

그는 나를 달래고,
위로했다.

하지만, 사람은 여시

겉으로 봐선
알 수가 없다.

287

좋아하는 감정이 꺼지자

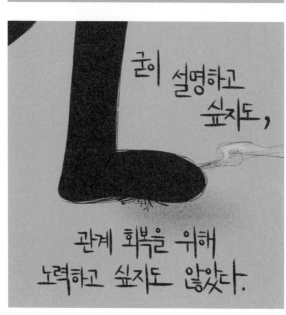

더 이상 그와 있는 시간이
따뜻하지 않았다.

굳이 설명하고
싶지도,

관계 회복을 위해
노력하고 싶지도 않았다.

우리 헤어져요.

왜 그래요?
저랑 얘기 좀 해요!

그는 절절하게 다시
불을 붙이려 했지만

… 소용 없었다.

그는 마지막으로
편지 한 통만
받아달라고 했다.

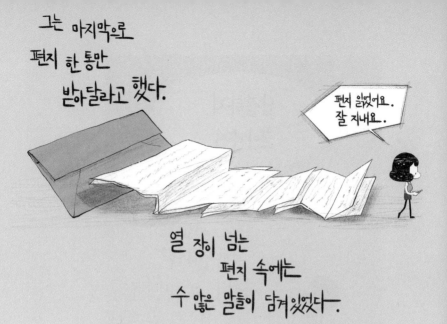

열 장이 넘는
편지 속에는
수 많은 말들이 담겨있었다.

방황
II

세상에는 좋은 사람도 많고,
건강한 관계를 이어 나가는
연인들이 많다는 것도 안다.

그런데 나한테는
이상한 사람만 꼬이잖아.

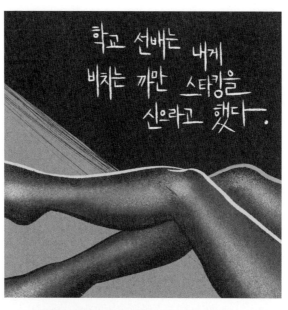

야동에 나오는 여자와
닮았다며

사진을
보내기도 했다.

삼계탕집
가게 손님은

엉덩이를
툭툭 치면서
술을 따르라 했고

알바하는 곳의 남자 매니저는
매번 내 어깨를 주무르고
머리를 쓰다듬었다.

실수하면
뽀뽀해버리겠다는
말과
함께.

참...
내가 만만해 보이나 보다.

화를 못 낼 것처럼 생겼으니까,
당황하면 어색하게 웃기만 하니까.

자책을 많이 했었습니다. 왜 이상한 사람이 꼬일까. 내가 만만해 보여서, 싫은 표현을 잘 못해서, 사람을 크게 경계하지 않아서 나를 함부로 대하는 건 아닐까. 스스로에게 잘못을 찾던 깊은 수렁에서 빠져 나오기까지 꽤 오랜 시간이 걸렸습니다. 이제는 안 그러길 바라요. 저도, 여러분도.

이아리 작가

진짜 이상한 사람이 꼬이면 점점 자존감이 떨어져요. 내가 별로라서, 내가 부족해서 이런 사람들한테 우스워 보이고 하찮은 취급을 당하는구나…. 내 잘못이 아닌데 그걸 자꾸 잊게 돼요. ma***

특별한 케이스가 아니죠. 우리가 모를 뿐 주변에는 이런 사람들이 분명 있겠죠. 그게 내 주변은 아니라고 자신 있게 말할 수 있는 사람이 몇이나 될까요. js***

상대가 남자라는 성별만 보니까 "남자 없이 못 사느냐" 이런 말들을 하는 것 같은데, 그냥 하나의 '인연' 아닌가요…? 때로는 친구들이나 가족들보다 처음 보는 인연이 나를 위로해줄 때가 많고 털어놓기도 쉬울 때가 있잖아요. 결국은 혼자 이겨내야 한다는 분들께 사람은 타인에게 의지하면서도 이겨낼 수 있다는 말씀을 드리고 싶어요. 그렇게 천천히 독립해가는 사람들 많습니다. 의지 좀 하면 어때요. 기대면 어때요. 각자 이겨내고 버티는 방식이 다른 것뿐이라 생각해요. 안타까운 마음으로 "스스로를 사랑하고 아껴야 한다"라고 해주시지만, 스스로를 아껴야 할 이유조차 찾지 못하는 분들이나 그러고 싶은데 방법을 모르는 분들은 타인이 나를 아껴주는 모습을 보며 스스로 사랑하는 법을 배우는 사람들도 있어요. 모두가 살아가는 방식이 다를 뿐. 정답은 없다 생각해요. ju***

작가님과 같은 일을 겪은 사람들은 똑같은 생각에 사로잡혀 계실 것 같아요. 더 이상 같은 일이 반복되지 않고 마음이 평안해지길, 힘들어하고 계시는 모든 분들을 위해 진심으로 바라봅니다. ch***

경계의 선

시간이 조금 흐르고 나자
억지로 누군가를 마음에 두려 하지 않아도,
내 마음의 밭에 어떤 것도 자라지 않아도 괜찮았다.
조용히 흙을 갈고 때때로 양분만 줘도
나 자체로 평화롭고 비옥한 땅이었으니.

스쳐가는 인연에 괴로워하던 어느 날
내가 주저앉아 있는 자리에
민들레 홀씨가 하나 날아들었다.

나는 가만히 지켜보았다.
그 씨가 싹을 틔우고, 뿌리를 내리고
줄기와 잎을 뻗으면서
비로소 민들레가 되는 과정을.

노란 꽃잎을 반짝이며
햇살같이 웃는 모습을.

내가 외면하던 내 어두운 모습마저
천천히 바라보던 모습을.

내게는 두터운 벽이 생겼다.

다가오는 사람을
무조건 막고, 경계하는 벽.

마음을 크게 안 주는 관계는,
텅 빈 껍데기처럼 느껴졌다.

경계의 선

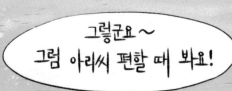

차분한 말투와
서두르지 않는 배려.

내가 만났던 이성들과는
느낌이 사뭇
달랐지만

········

나는 여전히
그를
경계하고 있었다.

경계의 선

그는
어떤
사람일까.

아리씨,
그 옷 정말
잘 어울려요.

나와 그는 서로를
1년 가까이
지켜봤다.

그리고
그 시간 동안

꽤 많은 대화를

이어 나갔다.

물론 당장은 오해를 받은 게
억울하고, 속상할 수도 있겠죠.

하지만 여성들은
'목숨을 잃을지도 모른다'는 공포를
느끼고 있는 거잖아요.

억지로
나를 휩쓸어가는 게 아닌,

내가 파도를 타고
다닐 수 있도록 해주는

그 사람에게

나는
천천히
빠져 들었다.

이제 말 편하게 해도 될까요?

오늘 날씨 엄청 추워~
아리, 옷 따뜻하게 입을까?

퇴근하는 길인데,
잠깐 들러도 될까?

뭘 해도, 물어 보고,

아리야~
기분은 좀 어때?

우울하다고 해서
빵을 좀 사왔는데….

나의 감정과 기분에

관심이 많았던 그는

솔직히 아리를 많이 좋아해!
그리고 앞으로 점점 더
좋아질 것 같아.

말을 참 예쁘게 하는
사람이었다.

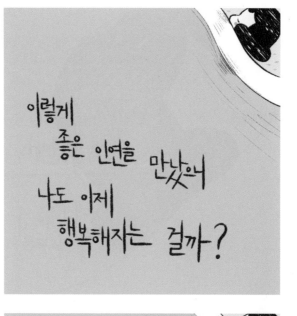

이렇게
좋은 인연을 만났으니
나도 이제
행복해지는 걸까?

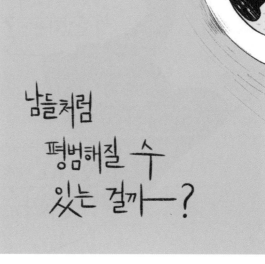

남들처럼
평범해질 수
있는 걸까—?

여성만이 느끼는 공포… 남자들은 잘 모르더라고요. 왜 이렇게 예민하니, 너무 오버 같다, 라는 소리를 더 많이 들은 것 같아요. sh***

당연한 배려, 당연한 생각과 당연한 말을 하는 사람이 너무 보기 힘들고, 그래서 좋은 사람이라며 높게 평가해주는 현실이 넘 슬프죠…. gw***

아리 씨가 점점 물에 잠긴다는 건 점점 그 사람에게 스며들고 그 사람을 받아들인다는 뜻이겠죠? 같은 여자로서 아리 씨가 겪은 일이 결코 나에게 일어나지 않을 거라는 보장은 없는 현실이 참 슬프네요. 늘 보면서 마음이 아팠어요. 그저 바라는 건 아리 씨가 행복했으면 좋겠어요. 그게 사람을 통해서든 어떤 경험을 통해서든 설령 남자를 통해서든 그게 나쁜 일이라고 절대 생각하지 않아요. 그저 행복해졌으면 좋겠어요. 그래서 만화에 나오는 아리 씨의 모습이 더욱 더 커졌으면 좋겠어요. do***

이번 화에서 '여성들이 현실에서 느끼는 공포와 사회에서 겪는 불평등'에 대해, 남성이 이야기를 꺼내는 게 불편하실 수도 있어요. 지금도 관련 다큐나 이슈들에 대해 그와 꾸준히 이야기를 나누고 있고, 하나하나 더 배우고 알아가는 중이에요. 어쩌면 당연한 말을 했을 뿐인데 '좋은 사람'이라는 타이틀을 주는 현실이 한편으로는 씁쓸하기도 합니다. 이아리 작가

나의 늪

무기력하게 누워 있는 시간이 늘었다.
'우울하다'는 표현이 있어 다행이다.
이유 없이 왈칵 눈물이 나고, 괴롭고,
밤에 뒤척이다 겨우 잠드는 나날들을
우울하다는 단어 하나로 정리할 수 있으니까.

그 동안 주변 상황을 수습하느라
정작 나 자신이 어떤 상태인지는
들여다볼 시간이 없었다.

몸이 보내는 신호들을 하나씩 살펴본다.
나는 지금 많이 지쳐 있구나.
모든 에너지를 다 쏟아버렸구나.
마음에 병이 쌓여 있구나.

하지만 나를 돌보는 시간이 늘어나면
나도 괜찮아질 수 있을 거야.
시간이 흐르고 나면
내가 우울했던 게 언제쯤이었는지 기억도 안 날 만큼
지금의 힘겨움은 과거의 일이 될 거야.
언젠가 '그땐 그랬지' 하고 회상할 날이 올 거야.

그와 함께 있는 순간은
새벽 밤처럼 고요하고 평화롭다.

품에 안겨 그의 체취를 맡으면
온 세상이 포근하게 느껴진다.

하지만—,
혼자 남겨지게 되면

알 수 없는
불안감과 우울감이
나를 잠식하곤 했다—.

옷을 입는 게 버거운 적도 있었다.

우울증이었다.

나
의
늪

나는 약을 처방받고 나왔다.

나의 늪

밤새 뒤척이는 날이
줄어들자

나는 조금씩 안정을
되찾는 듯했다.

하지만, 어느 순간
병원에 제때 가지 않게 되었고

무기력해….

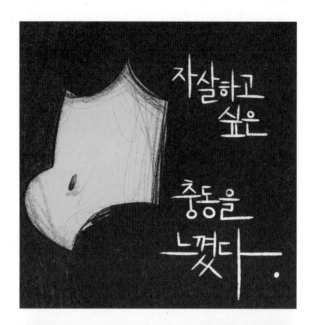

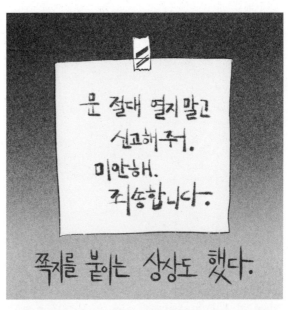

쪽지를 붙이는 상상도 했다.

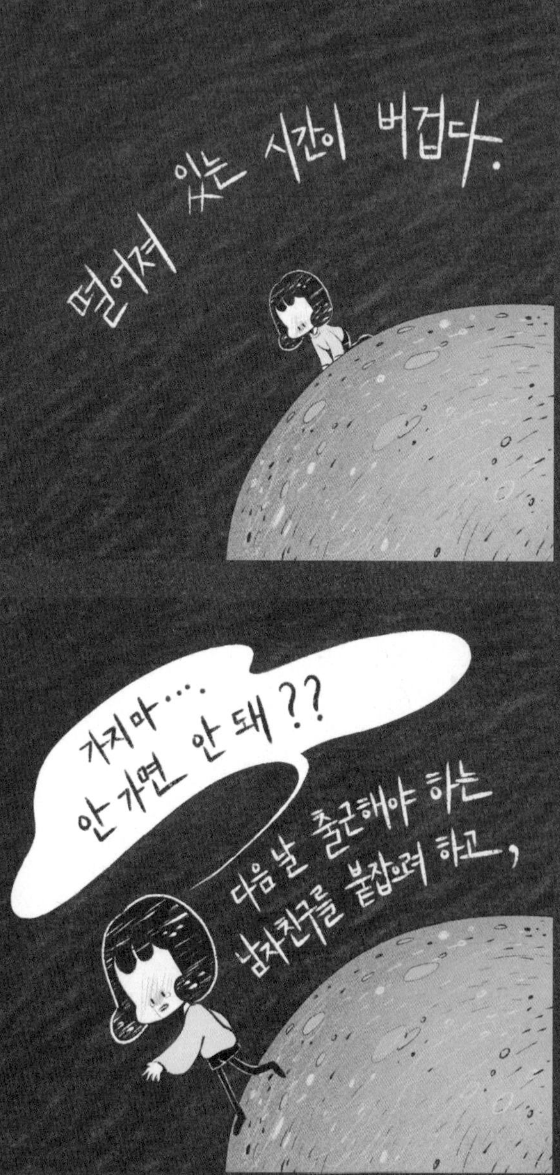
떨어져 있는 시간이 버겁다.
가지마…. 안 가면 안 돼??
다음 날 출근해야 하는 남자친구를 붙잡으려 하고,

행복이라…

나는
뭘 할 때
행복을 느낄까.

나 자신에게서
얻는 행복에 대해

깊이
생각해본 적이
없었던 것 같다.

. . . .

선생님 만나서 얘기하면
자꾸 울게 되네요….

360

저를
만나서가 아니라,
아리씨가 울 일이
많았나 봐요.

잠 못 이루고
악몽에 시달리는 거 알아。

일기장 속에 담긴 슬픈 기억들을

서랍 속 깊숙이 감춰두면서,

운이 나빴던 것도,
보는 눈이 없어서 그랬던 것도 아니야.

그 사람을 용서하지 않아도 괜찮아.

나
의
늪

과거의 내가 잘 버텨줘서,
지금의 내가 존재할 수 있었어.

고마워.

정말···

고생 많았어, 아리야.

글을 읽으면서 감정 이입이 돼서 한참 눈물을 흘렸네요. 부디 꽃길만 걸으시기를 바라요. _***

처음 보자마자 후루룩 넘기면서 모두 읽어버렸어요. 작가님의 그림은 그 상황의 감정에 독자들을 흠뻑 빠져 적시게 만드는 힘이 있는 것 같아요. 몰입이 되니 마음 한편이 시리네요. 여러 번 곱씹어야 될 이야기를 연재해주셔서 감사해요. be***

많은 사람들이 봤으면 좋겠다. 누구나 다 '이아리'가 될 수 있기에. su***

다 울었다고 생각했는데, 문득문득 생각나는 거 꾹꾹 참아왔는데 이거 보고 터져버렸어요. 미래의 행복한 내가, 과거와 현재의 나에게 위로해주는 것 같은 느낌이에요. 그 누구의 위로보다 와닿고 따뜻하네요. 감사합니다. _y***

저도 작가님만큼의 고통은 아니지만 작은 고통을 겪은 적이 있어요. 그 일을 당하고 나서는 옆에 누군가 없으면 불안에 떨고, 혼자서 대중교통을 이용하는 것조차 저에게는 엄청난 도전이 되더라고요. 집에 혼자 있을 때면 정말 조그마한 소리에도 예민하게 굴고…. 하지만 남들에겐 다 끝난 척, 이런 감정이 이제 다시는 안 느껴지는 척했어요. 그러던 중에 작가님의 소중한 그림과 글, 특히 이번 편을 통해서 정말 눈물이 나올 뻔했어요. 정말 감사합니다. 저도 자책만 했었는데 이제부터 저에게 칭찬 좀 해주려고요. 정말 고생 많았어요, 작가님. pa***

만화에 나온 가해자들이 맨발인 이유: 맨발이 드러난 게 좀 더 원초적인 느낌이 들었어요. 그리고 옷은 제대로 갖춰 입었음에도 맨발인 모습은, 겉으론 평범하고 정상적으로 보이지만 사실은 그렇지 않은 가해자의 특성을 드러낼 수 있지 않을까 싶었습니다.

('올가미' 에피소드에서는 아리의 구두가 벗겨지는 상황이 잘 드러나도록 일부 컷만 신발을 신기게 되었습니다)

이아리 캐릭터가 작은 이유: 당시 제가 느꼈던 무력감 때문이에요. 물리적인 힘에 대응할 수 없었고, 법의 테두리 안에서 제대로 보호받지도 못했으니까요. 가해자와 이미지적으로 대비를 줘서 가해자에게서 느꼈던 공포를 더 드러내고자 한 의도도 있습니다. 하지만 이렇게 작고 약해 보이는 아리가 조금씩 용기를 내고 앞으로 나간다면, 제가 전하고 싶었던 이야기를 하는 데에 외향은 큰 문제가 되지 않는다고 생각했습니다.

이아리 작가

누구나

내가 기억하는 과거의 나는
작은 바람에도 힘없이 나풀거리던 종이였고
물살에 떠밀려 가는 낙엽이었으며
바스러지는 마른 꽃이었다.

하지만 돌이켜 생각해보면
나는 매 순간 용기를 냈고,
앞으로 한 발자국씩 나아가려 애썼던 사람이었다.

음지에 스스로를 가두고
꼼짝도 못 하는 시간이 더 길어지기 전에,
밖으로 나갈 수 있는 용기를 가질 수 있었던 건
나를 사랑하는 사람들의 손길과 관심 덕분이었다.

그러니 잊지 말았으면 한다.
피해자들의 울음 섞인 목소리를,
그 고통을.

관심 없는 타인의 사건이 아닌,
내 주변에서 얼마든지 벌어질 수 있는 이야기임을.

누구나

또
해가 뜨니까,

그런 날에는
좋은 추억이
생기니까,

버티고,
기다렸던
거다.

하지만, 몇 년을 기다려도
달라지는 것은 없었다.

나는
도망쳤다.

상처 받고―
또 상처 입으면서

단단한 벽을 만들어갔다―.

그렇다
해서

모든 게
해결되는 것은
아니었다.

어떤 날은
기분이
바닥을 치고,

또 어떤 날은 그나마
회복이 되는
일상의 반복.

겉으로 봐서는
아무도

내 상처를   알지 못한다.

누구나

377

나는

데이트 폭력의 피해자다.

그리고 어쩌면,

당신 주변의
누군가일 수도 있다.

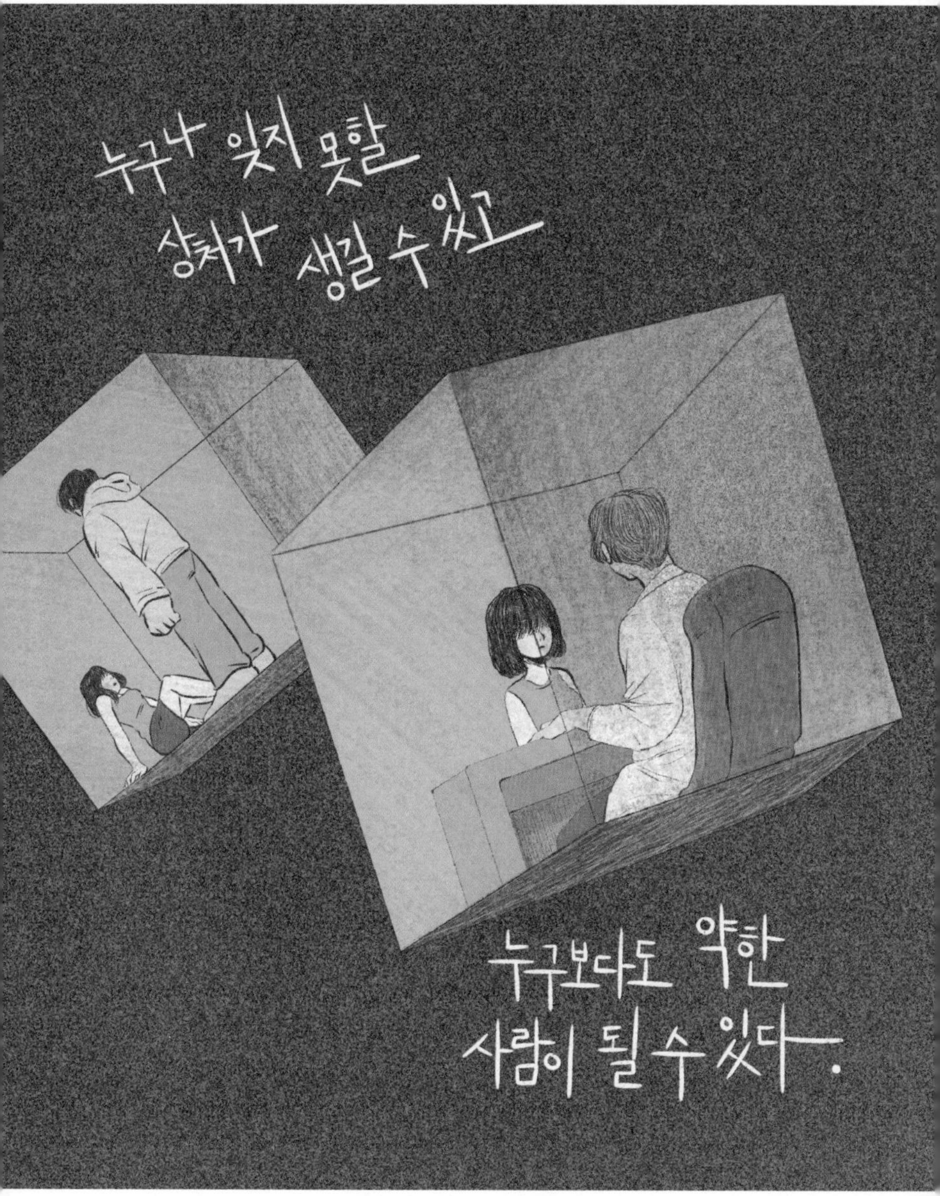
누구나 잊지 못할
상처가 생길 수 있고
누구보다도 약한
사람이 될 수 있다.

남의 이야기가 아니다.

마치 아무 일도 없었다는 듯

어둠이 걷히고
날이 밝아 오는 것처럼

세상에는 수많은 아리들이 있다.
···우리들이 있다.

주춤거리는 우리의 발걸음이
보이기는 할까···.

──그렇게 또
시작되고

잊혀버리는 건

아닐까.

약을 먹으면 잘 자다가 오늘은 왜 또 잠들지 못하는지. 그동안의 감정에 익숙해져서, 울지 않으면 어딘가 불편하고 어색한 밤들. 누가 진흙 속으로 발목을 잡아당기는 것 같고, 아저씨가 웅성이는 소리도 들리는 것 같고. 어떤 날은 차분해져서 자수를 놓다가도, 어떤 날은 뭐라도 깨부수지 않으면 미쳐버릴 것 같고, 또 어떤 날은 죽음을 생각해보고. 아무 말도 나에게 도움을 줄 수 없고, 아무도 알아주지 않고. '나만 이런건가', '내가 문제인가' 하루하루 곪아가면서도 정말 너무나도 평범한 삶을 살고 싶습니다. 나도… 이아리입니다. yo***

한 여자로서 그리고 딸을 키우는 엄마로서 그동안 만화를 읽으며 나의 무지를 깨닫게 되었습니다. 많이 배웠습니다. 피해자임에도 보호받지 못하는 현실이 많이 안타깝고 아팠습니다. 그래도 이렇게 용기 내어 이야기해주어 고마워요. 그 마음의 상처들이 너무 큰 흉터 없이 아물어가길 기도해봅니다. 그리고 삶을 응원합니다. 이 연재를 시작한 것으로 작가님은 이미 승리자입니다. 강한 여인입니다. 언제나 평안하세요. *****

저는 아리님 만화를 중간부터 알게 되었는데, 몇 년 전 제 이야기 같아서, 혹시 같은 사람을 만난 게 아닌가 싶을 정도로 너무 비슷해서 두근거리는 마음으로 매회 보았습니다. 그때의 제가 생각나서 눈을 질끈 감고 싶을 때도 있었고요. 그때의 전 제가 못난 사람이라 나에게 이런 일이 생기는구나 싶어서 몇 년을 괴로워했었는데, 조금만 더 빨리 아리님의 만화를 알게 되었다면 용기를 낼 수 있었을까요. 흔한 위로의 말보다 나와 같은 처지의 한 사람이 더 큰 치유가 된다고 하네요. 저를 포함한 많은 사람들을 대신해 감사합니다, 작가님. *****

앞으로의 길

신경 안정제가 들어 있는
분홍색 알약을 반으로 줄였다.
병원에 가는 주기가 1주에서 3주로 늘어났다.
변화가 없으면 어떡하지, 하고
걱정했던 것과 달리 나는 조금씩 회복하고 있다.

아침마다 머리맡에 쏟아지는 햇살이 반갑고
밤에는 선선한 공기가 좋다.
마음을 뒤흔들었던 일들이
조금씩 옅어지는 게 느껴진다.

방 안에 연기가 가득 찼을 때는
창문을 열어야 한다.
결국 연기는 모두 밖으로 빠져 나가고,
희뿌연 시야는 점점 또렷해진다.
그렇게 되기까지 필요한 건 시간일 뿐이다.

나는 데이트 폭력의 피해자다.
스쳐간 인연들 때문에 가슴앓이도 했고
지금 좋은 사람을 만나고 있긴 하지만
나의 상처는 여전하다는 것을,
그 이야기가 전해지기를 바란다.

나는 이제 세상의 수많은 아리들과 마주한다.
그들의 손을 꼭 잡고 말해주고 싶다.
있잖아, 그건, 네 잘못이 아니었어.
그동안 정말 고생 많았어.
견뎌줘서 고마워. 살아줘서 고마워.
더는 아프지 말자.

나는 여전히 병원에 다닌다.

트라우마 치료도 받고

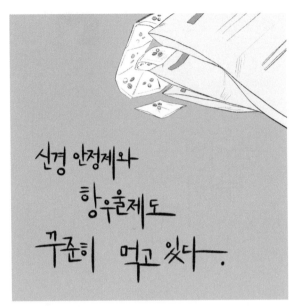

신경 안정제와
항우울제도
꾸준히 먹고 있다.

혼자 걸을
때는   주변을 늘
경계하고

하루도 빠짐없이
매일 꿈을 꾼다——.

자, 아리 씨.

폭행당할 때의 장면을
사진 찍듯이 '찰칵' 하고 담아 보세요.

395

내일 하루는
오늘 하루보다
덜 힘들기를 기대하며

한 걸음씩
천천히

앞으로
나아가고 있을
뿐이다.

내가 저금 숨쉬며
살아갈 수 있는 건

나의 소중한
사람들
덕분이다.

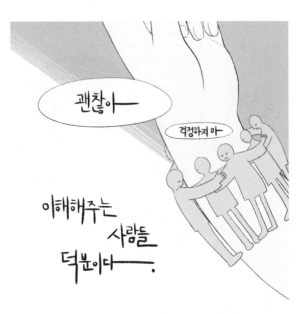

괜찮아—

걱정하지 마

이해해주는 사람들 덕분이다——.

자, 이제 머릿속으로 상상한 그 무서운 모습을

이제 아리 씨의 몸은
풍선처럼 부풀어올라요.

발끝에 그가 보이네요.

너무 작아서
뭐라고 하는지
들리지도 않아요.

당신은
내가 떠나온 사람이고—,

당신이 남긴 것은

쓰레기 같은 상처밖에 없다.

그런 당신 때문에

남은 인생을
아파하기엔

나
자신이
너무
소중하다.

날카로운 기억의 끝을

다듬을 것이다.

나는 다시

출발선에 섰고

○ 댓글

저는 여자임에도 데이트 폭력이라는 문제에 대해 잘 알지 못했기 때문에 데이트 폭력 가해자는 사회 부적응자나 소문난 미친 놈, 몸에 문신이 가득한 건달 같을 거라는 이미지를 가지고 있었습니다. 마치 어린아이들이 유괴범 하면 머리에 뿔을 단 괴물을 생각하는 것과 비슷하게 말이에요. 하지만 작가님의 만화를 우연히 접하고 난 후 실제 가해자는 상상 속의 괴물이 아닌 오히려 우리 주위의 평판이 좋은, 지극히 평범한 남성이라는 것을 알게 되었습니다. 그런 점이 가장 무서운 부분이었던 것 같습니다. 완결 정말 축하드리고, 더 많은 이아리가 상처를 극복하고 행복한 미래로 향하기를, 더 이상 피해자가 생기지 않기를 바라겠습니다. *****

한때 데이트 폭력과 성폭력의 지대에 놓였던 사람으로서, 지난 기간 동안 연재되었던 아리님의 작품은 제게 늘 위로가 되었습니다. 누군가는 내 이야기를 조금이나마 알아준다면, 내가 받은 상처가 몇 년이 지나도 그대로 곪아 있는 것을 공감해준다면 그것만으로도 바랄 게 없었던 지난날의 저를 토닥여주셔서 진심으로 감사했습니다. 실제로 폭력의 피해자들은 후유증으로 회의감을 느끼고 무력해지기 십상이고, 폭력의 경험이 반복될까 봐 불안해하고 괴로워할 수밖에 없음에 한없이 지쳐가게 되는 것 같습니다. 하지만 괴로워하는 행동마저 분명 살고 싶다는 SOS이고, 도움을 구할 근력이 일시적으로 약할 뿐이라는 생각이 듭니다. 모든 이아리들에게 작은 용기를 선물해주셔서 감사드립니다. 저 또한 아리님의 진심을 기억하며 조금만 더 힘내보고 싶습니다! su***

침묵하지 않은 작가님 덕분에 세상이 조금 더 밝아졌어요. 적어도 제 세상과 제가 아는 몇몇의 세상이요. 항상 응원하고 지켜볼게요. eu***

우리는 서로의 용기다

〈다 이아리〉 연재를 하는 동안 이 책에 다 싣기 어려울 만큼 수많은 이야기를 보내주셨습니다. 데이트 폭력이 소수만의 문제가 아닌, 사회적으로 빈번하게 발생하는 무거운 사건임을 알리기 위해 이를 경험한 또 다른 아리님들의 사연을 모아 실었습니다.

사랑받기도 부족한 시간을 불안과 눈물로 채웠을 또 다른 아리들에게 그건 당신의 잘못이 아니었다고, 이제는 그 아픈 연애를 그만두셔도 된다고 말씀드리고 싶습니다.

용기를 내어 제보해주신 수많은 아리님들께 감사드립니다.

• 첫 번째 이야기

처음 만났을 때 그 사람은 너무나도 희생적이었어요. 그는 저를 위해 죽을 수도 있다고 말해주었고 그게 사랑이라 생각했던 저는 마냥 행복하기만 했습니다. 그 사람이 한 말에 처음으로 "아니"라고 거부했던 날, 그가 저에게 욕을 했을 때는 그저 욱하는 성격이구나 하고 넘어갔어요. 저를 향해 손을 들었을 때엔 '화가 나면 그럴 수도 있지 않나' 하고 넘어갔어요. 마침내 그 사람이 저를 때렸을 때, '이건 아닌 것 같아'라는 생각에 이별을 통보했죠. 그 사람은 헤어지자는 제 말에 제가 사는 곳과 제가 다니는 학교까지 찾아왔어요. 그 사람과 관련된 모든 연락처를 바꾸고 메신저를 차단했지만 그는 핸드폰을 바꿔가며 전화하고 몇 개월간 저를 스토킹했어요.

그러는 동안 저에게 가장 큰 상처가 되었던 건 주변의 반응이었어요. "왜 그런 사람을 만났어?" "좀 더 조심하지 그랬어"라는 위로의 가면을 쓴 말들이 저를 찔렀어요. 그런 사람인 줄 알았더라면 만나지 않았을 텐데, 내가 조심할 수 있었던 부분이 아니었는데…. 그 사람의 협박과 스토킹은 몇 개월 만에 끝나게 되었지만, 주변 사람들의 말로 인한 상처는 끝이 나지 않았습니다.

• 두 번째 이야기

저는 항상 자책만 했던 것 같아요. 그 사람과 인연이 끊기고 한참 후까지 고통받으며 자존감이 바닥을 쳤거든요. 작가님의 웹툰을 보면서 '그런 점만 빼면 날 참 좋아해주고 아껴주던 사람이었어. 그 사람 말대로 날 그렇게까지 좋아해줄 사람은 앞으로 없을 거야라고 생각하고 있었다는 것을 인지하게 되었고, 지금은 그런 생각을 거의 떨쳐냈습니다. 연락을 받지 않았다고 골목으로 끌고 가 벽에 밀치고, 목을 조르고, 문자와 전화로 끔찍한 욕설을 보내며 테러하고, 헤어지자고 하면 집에 찾아와 몇 시간이고 저를 지치게 만들고…. 하지만 그 사람 말대로 제가 이상한 사람이고, 이 모든 상황이 저로 인해 발생한 것이라고 생각했기에 항상 폭력을 당한 후에는 제가 잘못했다고 생각해서 사과하며 용서를 빌었습니다. 돌이켜보면 저는 그런 취급을 받아서는 안 되는 존재이고, 그 사람이 없어져도 제 인생은 아무렇지 않게 잘 돌아가는데 말이죠.

저는 제가 이런 일을 겪기 전에는 뉴스로만 데이트 폭력에 관한 이야기를 접했고, 그것이 정말 운이 안 좋은 사람에게만 일어나는 특이한 사건이거나 한쪽이 정말 큰 잘못을 저질렀기에 상대가 화내는 방식이 좀 잘못되어서 데이트 폭력이 일어난 것이라고 생각을 해왔어요. 하지만 제가 겪고 나서 보니 주변에 이런 일들이 참 흔하고, 사소한 일들로부터 데이트 폭력이 발생할 수 있다는 것을 알게 되었습니다. 항상 작가님의 용기를 응원합니다.

• 세 번째 이야기

저는 학생이었던 시절 연상의 한 남자와 연애를 시작했습니다. 처음에는 너무 잘해주었는데 점차 제게 말도 안 되는 요구를 지속했습니다. 성 경험이 없는 저에게 첫 경험을 자기와 해달라며 매일매일 괴롭혔습니다. 저는 무섭고 싫다고 몇 번이나 거부했지만 그렇게 해야 자기와 못 헤어지지 않겠느냐며 매일 밤 야한 사진과 자신의 성기 사진을 보냈습니다. 첫 경험을 해주지 않을 거면 제 성기 사진이라도 찍어 보내라고 했습니다.

사귀는 동안 너무 힘들어서 처음으로 헤어지자고 했던 날, 그는 자살하겠다며 저를 협박했습니다. 지금 건물 옥상으로 가고 있다고 사진을 보낸 뒤 연락이 두절되었습니다. 자기가 죽으면 넌 잘 살 수 있을 것 같으냐며 경찰에 저 때문에 죽는다고 말할 거라고 협박했습니다. 이후로도 팔에 칼을 대고 있는 사진, 높은 곳에 올라가 있는 사진 등 자살을 암시하는 사진을 보내고 연락이 두절되기 일쑤였습니다. 당시 어렸던 저는 그게 너무 무서워서 몇 시간 동안 그를 달래고 어르고 용서를 빌었습니다.

저는 그 당시 우울증과 자살 충동으로 고통 속에 살았습니다. 그 사람처럼 저도 똑같이 손목을 칼로 긋고, 매일 울면서 생활했습니다. 제가 증오하던 그 사람의 행동을 똑같이 하는 제 모습을 깨닫고 너무 놀라서 이후 심리치료를 받고 노력한 끝에 지금은 잘 지내고 있습니다. 세상에는 여전히 사랑이란 이름으로 포장된 폭력을 행사하는 사람들과 그로 인해 고통받는 사람들이 많겠지요. 데이트 폭력의 심각성을 많은 이들이 알게 되어 관련 법과 정책들이 제대로 만들어졌으면 합니다.

• 네 번째 이야기

저는 꽤나 똑똑하고 인기가 많은, 부족함이 없는 사람입니다. 그렇지만 정말 바보같이 데이트 폭력을 당했습니다. 그 사람과 헤어지고 한동안은 '데이트 폭력'이라는 말이 귀에 스치는 것조차 경계했습니다. '내가 그런 취급을 당했다'는 사실을 인정할 수 없었기 때문입니다. 그러나 시간이 지나면서 깨달았습니다. 데이트 폭력은 누구나 당할 수 있습니다. 아무리 지적 수준이 높아도, 부자라도, 사회적 지위가 높아도 당할 수 있습니다. 그런 사람들도 감정에 약해질 수 있고, 데이트 폭력은 그런 감정적인 부분을 파고들기 때문입니다. 그건 그 사람들이 어울리지 않게 '물러 터져서' 그런 것이 아닙니다. 운 좋게 이런 사람들을 만난 폭력적인 사람이, 상대의 마음을 얻은 걸 권리인 줄 알고 비열하게 상대를 조종하려고 들기 때문입니다. 데이트 폭력을 당하고 아직 트라우마를 극복하지 못한 많은 분들께 말씀드리고 싶습니다. 용기를 내서 '그 사람이 나에게 폭력을 행사했다'라고 주위에 말하라고요. 그건 당신의 잘못이 아니기 때문에 괜찮다고요. 마치 아무리 운전을 잘해도 누군가 뒤에서 내 차를 들이받을 수 있는 것처럼, 당신은 그냥 사고를 당한 것이라고요. 사고를 당했다고 피해자가 멍청하거나 빌미를 만들어준 것이 아닙니다. 잘못은 분명히 가해자가 한 것입니다.

저는 데이트 폭력 피해자의 가족입니다. 처음 언니의 피해 사실을 알게 된 건 언니의 지인을 통해서였습니다. 언니는 별일 아니라며 놀란 저를 안심시키고 그 사람과 곧 헤어질 거라고 이야기했습니다. 하지만 둘은 결국 헤어지지 못했고, 동거를 시작했습니다. 언니가 그 사람 집에 들어간 후부터는 이상하게 연락이 잘 되지 않았습니다. 그러던 어느 날, 가족이 다 함께 할머니댁에 가기로 약속한 날이었는데, 약속 시간이 되도록 언니는 집에 오지 않았습니다. 핸드폰을 통해 언니에게 문자가 왔습니다. 너무 억울해서 화장실에서 몰래 찍었다며 멍과 할퀸 듯한 폭행의 흔적을 담은 사진을 저에게 보내왔습니다. 저는 전화도 해보고 문자로 구조 요청이 필요한 상황인지 물어봤지만 답이 없었습니다. 불안해진 저는 부모님께 이 사실을 털어놓았고, 우리는 언니가 살고 있던 집으로 향했습니다. 집에는 언니뿐이었는데, 가족이 찾아온 것을 보고 당황해하며 아무 일도 없다고 우리를 돌려보냈습니다.

그러나 그 후에도 언니와 연락은 잘 닿지 않았고 언니의 몸에는 상처가 늘어났습니다. 몸은 멍으로 성한 곳이 없고 다리를 절었습니다. 언니는 마치 그 사람에게 세뇌당한 듯 종속되어서, 다단계에 빠진 사람들처럼 가족의 말을 전혀 듣지 않았습니다.

언니는 한번은 집에서 맞다가 맨발로 뛰쳐나와서 길 가는 사람에게 살려달라고 소리를 질렀는데, 아무도 도와주러 나오지 않자 뒤쫓아 온 그 사람이 언니는 정신이 아픈 사람이라고 얘기하며 다시 끌고 들어갔다고 했습니다.

한참 그 지옥 같은 굴레를 반복하다 스스로 신고하고 짐을 싸서 나온 언니는 집에서 자살 시도를 두세 번 정도 했습니다. 가족 모두의 마음에 난 상처는 말도 못할 만큼 컸습니다. 가장 가슴 아팠던 건, 언니가 "더 이상 나는 내가 아닌 느낌이야. 내가 누군지 모르겠어. 원래 난 똑 부러진 애였는데 정말 왜 이러는지 모르겠고 힘들어"라고 말했던 때였습니다. 부모님은 아직도 정신과에서 진단받은 약을 복용 중입니다. 언니는 아직 불안정하지만 예전보다는 나은 삶을 살고 있습니다. 작가님, 저는 아직도 그때를 회상하면 마음이 너무 아파 더 이상 침묵할 수가 없어요. 지금도 이렇게 지내는 사람들이 얼마나 많을까요. 데이트 폭력의 당사자뿐만이 아니라 그 가족들도 이렇게 고통 속에서 살고 있다는 사실을 널리 알려주세요.

• 여섯 번째 이야리

그는 지극히 평범하고 자상한 사람이었어요. 저에게 정말 헌신적으로 대해줘서 마음을 열었는데, 저에게도 그만큼의 헌신을 요구했어요. 만남 초기부터 원치 않는 스킨십을 강요하고 자신의 기준에 맞춰서 저를 묶어두려 했습니다.

매일 외출할 때면 옷차림을 사진으로 찍어 전송하라고 했고, 자신의 마음에 안 드는 부분이 조금이라도 있으면 그 옷을 갈아입고 나갈 때까지 지속적으로 전화하고 문자를 보냈습니다.

학교에서 대외 활동을 할 기회가 생기면 "내가 찾아가서 다 뒤집어놓으면 너한테 말도 한 걸겠지? 할 테면 해봐라"라고 했습니다.

제가 말을 듣지 않으면 제 주변 사람들을 헐뜯으며 저를 비난했습니다. 수백 통씩 쏟아지는 연락에 질려서 핸드폰을 꺼두면 집 앞에서 밤낮없이 버티고 서 있었고, 주변 사람들 번호를 알아내서 어떻게든 연락이 왔어요.

결국 저는 만남을 중단해야겠다는 결론을 내렸고 이별을 통보했습니다. 모두에게 만약 그에게 연락이 오면 저와 연락이 되지 않는다고 말해달라고 사정하고 집 밖으로 나가지 않았어요. 그러다 잠시 외출했던 날, 그는 어딘가에서 살벌한 표정으로 나타나 제 손목을 잡아끌었고 저는 주택가 골목 여기저기를 미친 듯이 끌려 다녔습니다. 제발 놓아달라고 울고 사정도 해보고 주변 사람에게 도움도 요청했지만 아무도 저를 도와주지 않았습니다. 울면서 떨고 있는 저를 보면서 그는 왜 자신을 나쁜 사람으로 만드느냐며 윽박질렀어요.

그 일은 저에게 큰 트라우마로 남았고, 한동안 제대로 된 연애를 하지 못했습니다. 제가 겪은 일을 입 밖에 냈을 때 보복을 당할까 두려워 경찰에 신고도 하지 못했습니다. 당시의 저는 참 어리석었어요. 저 자신을 최우선으로 여기지 못했습니다. 이 글을 쓰며 예전처럼 한없이 울기만 하지 않는 저 자신이 저는 너무나 대견합니다. 저와 같은 일을 겪은 사람들이 숨지 않았으면 좋겠어요. 자신을 최우선으로 생각하고 스스로 보호했으면 좋겠습니다.

• 일곱 번째 이야리

아마 제가 마지막으로 헤어지자고 했을 때였을 거예요. 여느 때와 같은 패턴으로 그 친구는 절 붙잡았고, 저는 '이건 아닌데' 하는 생각을 하면서도 또 붙잡혔어요. 그 친구는 자기가 정말 잘 지켜주겠다며, 다시는 헤어지자는 말을 하지 말아 달라며 저를 꼭 안아줬어요.

화해 후에는 늘 섹스를 요구했던 남자친구여서 그날도 섹스를 했는데, 정말 신기하게도 그날따라 느낌이 이상해서 관계가 끝나고 몰래 남자친구의 핸드폰을 봤어요. 방금 전의 제 뒷모습이 동영상으로 담겨 있더라고요.

그때 그 일을 계기로 그와는 완전히 헤어지게 됐는데, 그때 그 친구가 했던 말이 아직도 기억나요. 왜 찍었느냐는 제 질문에 제가 자꾸 자기를 불안하게 하니까, 이걸 가지고 있어야 우리 관계에서 자기가 우위에 오를 것 같았다고요. 그래야 제가 다시는 헤어지자는 말을 못할 것 같았다고 하더라고요.

• 여덟 번째 이야리

반복되는 폭언과 폭행, 감금, 살인미수…. 이러다 정말 죽을 수도 있겠다는 강한 직감에 집 뒷문으로 나가 곧장 택시를 타고 경찰서에 갔어요. 경찰서가 아니면 저를 보호해줄 곳은 그 어디에도 없다고 느꼈어요. 그곳에서 그간 있었던 언어적, 신체적, 성적 폭력을 모두 이야기했습니다. 담당 형사님은 제 몸에 있는 상처와 사진을 보시고 집은 위험하다고 말씀하셨고, 저는 데이트 폭력의 피해자를 잠시 보호하기 위한 보호소에 일주일 가량 머물게 되었어요.

그는 그동안 경찰 조사에 아주 충실히 나왔다고 형사님께서 말씀하셨습니다. 어렸을 적 아버지에게 받은 학대 때문에 우울증과 각종 정신 불안 장애들이 있다고 자신의 죄를 합리화하고, 경찰 앞에서 싹싹 빌면서 자신의 잘못을 인정하고 반성했다고 했습니다. 데이트 폭력 전담 형사님은 모든 가해자들이 조사를 받으러 오면 다시는 그러지 않는다고 반성하는 면모를 보이는데, 절대로 그것에 속아 넘어가 그 죄를 용서하고 교제를 지속하면 안 된다고 말씀해주셨습니다.

그 순간 그런 사람에게 제가 왜 그렇게까지 매달려왔는지, 엄청난 배신감과 원망 등의 감정이 들었고 그것은 곧 저에 대한 분노와 자책으로 변했습니다. 그 후 저는 번호를 바꾸고 사는 곳을 옮겼지만, 불과 1년도 채 되지 않은 일이라 지금도 약이 없으면 일상생활을 지속하기가 힘듭니다.

• 아홉 번째 이야기

저는 가스라이팅 피해자입니다. 저는 중학교 3학년 때부터 고등학교를 졸업할 때까지 학교에서 따돌림에 시달리던 학생이었고, 그 기억 때문에 성격이 소극적이고 자존감이 낮은 성인이 되었습니다. 그때 그 사람을 만났어요. 직장 내에서 굉장히 촉망받는 인재였던 그는 따뜻하고 유쾌한 사람이었고, 그 사람과 있을 땐 너무나 행복했습니다. 저는 그 사람에게 제 아픈 과거를 털어놓고 위로를 받았습니다.

그런데 그때부터 그 사람은 제 모든 부분을 평가하기 시작했습니다. 제가 말하는 방식과 표정, 몸매, 옷차림은 물론이고 사람들을 만날 때마다 그는 "뭐라고? 너 굉장히 이상한 사고방식을 가지고 있구나. 큰일 났다. 너 정말 이상해" "다른 사람들은 너처럼 생각하지 않아. 너 조금 잘못된 거 같아" "내 상식으로는 널 이해할 수가 없다. 솔직히 말해줘. 나 정말 충격 받았어. 너 정신병원에 가야할 거 같아" 등 제 정체성에 혼란을 주기 시작했습니다.

처음에 저는 "아니야, 사람마다 생각은 다 달라"라고 말했지만 그는 "네가 그러니까 왕따를 당했지" "네 학교생활도 알 만하다. 너 그랬던 거 지금 친구들은 알아?" "들키지 마. 너 되게 이상해"라고 말하며 상처를 주었고, 그런 얘기를 반복해서 듣다 보니 결국 저도 스스로를 놓고 말았습니다. 점점 사람들을 만나는 게 무서워졌고, 혼자 구덩이에 빠져 울면서 자해를 하게 되었습니다. 그는 "널 지켜보는 나도 힘들어. 왜 널 사랑해서 나도 이 고생일까" "괜찮아, 내 말만 잘 들으면 너도 정상인처럼 보일 거야. 내가 시키는 대로만 말하고 행동하면 돼" "내가 있잖아. 그런 너라도 나는 사랑해"라고 말했습니다. 그렇게 저는 저 자신을 부정하게 되었고 그의 조언 없이는 남들에게 정상인처럼 보이지 않을 것이라는 생각에 그가 시키는 대로 몸과 마음을 다 줬습니다.

다행히 저는 스스로 그 지옥에서 빠져나왔습니다. 우연히 인터넷에서 가스라이팅 경험담을 보게 되었고 뒤통수를 한 대 맞은 것처럼 방안에 환한 빛이 켜졌습니다. 그렇게 가스라이팅 관련 도서를 찾아보며 저는 지독했던 시간을 청산하고 밖으로 나왔습니다.

그와 헤어진 뒤에도 여전히 스스로에게 의구심을 갖게 되는 순간이 있지만, 저는 그의 그림자에 지고 싶지 않습니다. 저는 소중한 존재이니까요. 그와 헤어진 후 제 삶과 저를 사랑하는 친구들을 되찾았습니다. 지금은 저의 모습을 있는 그대로 사랑하고 존중해주는 연인도 있습니다. 제 글이 피해자분들께 도움이 되어 스스로 빛을 찾을 수 있게 강해졌으면 좋겠습니다.

• 열 번째 이야기

그는 워낙 술을 좋아하던 사람이었고 일의 특성 상 밤에 끝났기 때문에 데이트는 항상 술집에서 했습니다. 그는 한번 술을 마시면 이성을 잃을 정도로 마셨는데, 처음에는 큰 소리를 치고 술에 취해 물건을 흩트려놓는 정도였습니다.

하지만 시간이 갈수록 정도는 심해졌습니다. 제게 욕설을 하고 물건을 집어던지고, 폭언과 폭력을 휘둘렀습니다. 다음 날 아침이 되면 그는 전날 밤을 기억하지 못했습니다. 그때 떠나지 못했던 건, 평소에는 다정하고 나만 바라보고 나를 위해 사는, 나를 진정 사랑하는 사람이라고 생각했기 때문입니다. 그렇지만 시간이 더 지나고 관계가 깊어질수록 평소에도 불같은 성격이 불쑥불쑥 튀어나왔습니다. 운전을 하다가도 욕을 하고 크게 화를 냈습니다. 밤에는 술에 취한 그 사람을 찾아 집에 데려오고, 길에서 고래고래 소리를 지르는 걸 달래고, 싸움에 휘말려 경찰서에 있는 그를 찾아오고…. 웃긴 건 술에 취해 정신을 못 차린 채 저에게 소리 지르고 욕을 하고 있는 그 순간에도, 다른 사람이 지나가면 조용해지더군요. 그게 더 비참했습니다.

그에게 아무리 하소연해봐도 자기는 기억이 나지 않는다고, 네가 편해서 그런 거라고, 자기가 상처가 많은 사람이라 그런 거라며 저를 잡았습니다. 갈수록 저에 대한 집착도 심해지고 무서워서 헤어지자는 말도 못 할 지경이었습니다. 멍청하게도 사랑이라는 이유 때문에 서서히 망가지고 있던 저를 보지 못했던 거죠.

지금은 잘 이겨내고 좋은 사람도 만났지만, 그때의 저 같은 누군가 이 글을 보고 있다면 도망칠 수 있는 용기를 주고 싶습니다. 지옥 같은 곳에서 하루하루 버티느니, 차라리 그 힘과 용기로 도망치세요, 라고요.

데이트 폭력의 전형성에 대하여

데이트 폭력은 행동 통제, 정서적 폭력, 신체적 폭력, 성적 폭력 외에도 스토킹, SNS 간섭을 포함해 유형이 다양한 데다 반복적이고 은밀하게 진행되기에 쉽게 주변에 노출되지 않아 중범죄로 이어지는 경우가 많습니다. 특히 행동 통제(상대방을 가족과 친구들로부터 고립되게 하거나, 핸드폰, 이메일 등을 점검하고, 상대방의 옷차림, 모임 등을 제한하는 행위)는 데이트 초기에 흔하게 나타납니다. 사랑과 관심이란 가면 속에 감추어진 이러한 '심리적 학대'는 처음에는 보이지 않게 시작되지만 어느 순간 피해자의 자존감을 손상시키고 불안과 수치감, 혼란스러움을 가중시키곤 합니다. 피해자에 대한 가해자의 집착과 소유욕, 자기중심적 욕구는 피해자에게 신체적, 정신적 손상을 주는 심각한 폭력으로 이어집니다. 피해자는 점차 극도의 공포와 두려움을 느끼며, 삶은 피폐해지고 어느 순간 가해자의 세상에 갇히게 되는 것입니다.

이처럼 데이트 폭력은 서서히 진행됩니다. 가해자는 상대 방이 완전히 덫에 걸리고 나서야 가면을 벗기 때문에 폭력의 실체를 온전히 인식한 후에는 이미 헤어나기 어려운 무력감 과 절망감에 놓이게 되는 경우가 많습니다. 안타깝게도 데이 트 폭력의 가해자는 대외적으로 보여지는 이미지와 피해자에 게 보이는 모습이 극적으로 다른 경우가 많습니다. 그렇다 보 니 데이트 폭력 사실이 주변에 잘 노출되지 않게 됩니다. 또 한 이러한 환경에서는 피해자의 주장이 주변에 쉽게 받아들 여지지 않기에 피해자는 심리적으로 더욱 외부 세상과 단절 되어 갑니다. 믿고 의지했던 연인이 돌연 피해자의 생존을 위 협하는 극도로 공포스러운 대상이 되었을 때, 피해자는 도움 을 청할 곳이 없게 되는 것입니다.

데이트 폭력의 가해자는 심리적, 신체적 학대 후에 대부분 자신의 폭력을 정당화하고자 합니다. 상대에게 폭력의 책임 을 돌려 자신의 행동이 정상적인 것처럼 합리화하는데, 그것 을 심리적 학대의 초기 신호가 되는 '가스라이팅(상황을 조작 해 상대가 자신의 기억과 판단력을 의심하게 만드는 심리적 학대의 유형)'이라고 합니다. 이 경우 명백한 폭력 상황임에 도 문제의 초점은 가해자에서 피해자로 옮겨지고, 진실은 왜 곡된 채 고통스러운 관계가 지속됩니다.

주목해야 할 점은 가스라이팅은 매우 교묘하게 조작되어 상대의 판단력을 흐리게 하기 때문에 누구라도 그 상황에 놓 이게 되면 쉽게 빠져나오기가 매우 어렵다는 점입니다. 우리 는 흔히 피해자들에게 왜 학대 상황까지 이르게 되었는지, 왜 적극적으로 자기방어를 하거나 관계를 끊어내지 못했는지 반문하곤 합니다. 그러나 이 모든 폭력은 명백히 가해자가 만들어낸 것임을 알아야 하며, 어떤 이유에서든 폭력은 범죄이기에 사랑이란 이름으로 정당화될 수 없음을 인식해야 합니다.

대부분의 가해자는 폭력을 휘두른 후에 어떻게든 피해자에게 사과하며 용서를 구하는 태도를 보이는데, 자신에게 문제가 있었음을 잠시나마 인정은 하지만 자신이 한 행동에 책임을 지지 않습니다. 가만히 살펴보면 자신에게 유리한 말로 사과를 하거나, 상대에게 동정과 연민의 감정을 끌어내어 상황을 적당히 무마하고자 하는 경우가 많아 주의를 기울일 필요가 있습니다. 한번 폭력을 행사하면 얼마 지나지 않아 다시 비슷한 상황으로 돌아가기 쉽고, 이러한 악순환은 계속됩니다. 따라서 데이트 폭력의 신호를 이해하고 알아차리는 것이 중요하며, 우발적 혹은 우연히 발생한 폭력이라도 초기에 단호하게 대처하는 것이 필요합니다.

먼저 상대에게 관계를 지속하고 싶지 않다는 의사를 명확하게 전달하고, 차후 안전을 위해 가족이나 친구들에게 알려서 관련 기관에 도움을 받을 수 있도록 준비해야 합니다. 다만 이 과정에서 보복을 당할까 두렵고 안전이 염려되어 적극적으로 용기를 내기 어려워하는 분들이 많습니다. 실제로 생각한 것보다 관계를 정리하는 데까지 많은 시간이 걸릴 수 있습니다. 그렇지만 그것이 현재의 상황을 변화시키고 자신을 돌보기 위한 치유의 여정임을 계속 상기해야 합니다. 그럴수록 마음을 다시 일으켜 내면의 목소리를 향해 격려를 보내주길 바랍니다. 때론 혼란스러운 감정이 파도와 같이 마음을 휩쓸고 갈 수 있습니다. 이는 당연한 일이므로 당혹스러워 하지 않기를 바랍니다. 이때에는 조용히 흔들리는 자신의 감정을 알아주고, 괜찮다고 말해주며 잠시 마음이 가라앉기를 기다려주는 것이 좋습니다. 그리고 이 모든 상황이 결코 자신의 잘못이 아님을 잊지 않기를 바랍니다.

글을 읽어 나가는 동안 아픈 마음을 여러 번 쓰다듬어야 했습니다. 읽고 또 읽으며 밤을 지새우기도 했고 고통을 함께하며 마음을 나누는 많은 분들을 보며 울컥해지기도 했습니다. 글을 마무리하며 다시금 이아리 작가에게 깊은 감사의 마음을 전합니다. 데이트 폭력의 상처 속에서 스스로를 일으켜 세우며 치유의 길을 열어가는 그녀의 경험은 이 책을 함께하는 수많은 세상의 '아리'들에게 위로와 용기를 줄 것입니다. 동시에 피해자를 향한 공감을 통해 데이트 폭력에 대한 사회적 인식을 바로잡고 우리가 동행해나갈 수 있게 하는 귀한 힘이 되어줄 것입니다. 모쪼록 그녀의 현재와 세상의 모든 아리들의 삶에 축복과 행복이 충만하기를 기도합니다. 더불어 출판사의 열린 시선과 깨어 있는 지성에 더없는 감사를 보냅니다.

— 한국데이트폭력연구소 김도연 소장

나는 데이트 폭력에 노출되어 있는가?

– 데이트 폭력의 초기 단계인 행동 통제 유형

- 나의 의사와 무관하게 내 옷차림을 제한하는가? ☐
- 나의 핸드폰, 이메일, 개인 블로그나 SNS를 수시로 검사하는가? ☐
- 동아리나 모임 활동의 참여를 제한하는가? ☐
- 연락이 힘든 상황임을 알렸음에도 계속해서 연락을 시도하는가? ☐
- 나의 일정을 통제하고 간섭하려고 하는가? ☐
- 친구들과 만나지 못하게 하고, 친구나 가족들로부터 고립되게 만드는가? ☐
- 내가 누구와 함께 있는지 항상 확인하려고 하는가? ☐
- 내가 싫다고 의사를 밝혀도 자신이 원하는 것을 강요하는가? ☐
- 내가 하는 일이 자신의 마음에 들지 않으면 그만두게 하는가? ☐
- 다른 이성을 만나는지 계속해서 의심하는가? ☐

(자료: 한국데이트폭력연구소 제공)

데이트 폭력은 사랑이 아닌 범죄입니다
– 여성긴급전화 **1366**

'데이트 폭력' 경험을 만화로 그리기 시작한 건, 사실 저 자신을 위해서였습니다. 이미 지나간 일이었음에도 여전히 그 일을 가슴속 깊숙이 품고, 혼자 되감고 다시보기를 반복하고 있었기 때문입니다. 그 일을 떠올릴 때마다 '나는 왜 그때 바로 헤어지지 못했을까?' 하는 자책과 함께 그 사람에 대한 원망이 불꽃처럼 일었습니다. 시간으로 따지면 꽤 오래전의 일이었지만, 제게는 늘 과거가 아닌 현재진행형의 일이었으니까요. 왠지 모를 불안감에 떨고, 악몽에 시달리고, 아무 이유 없이 우울해지고, 무기력하게 누워서 보내는 날들이 이어졌습니다. 상처를 낸 사람은 이제 사라지고 없는데 저는 혼자 남아 그 상처를 껴안고 매일 밤 울며 힘들어하고 있었습니다.

처음에는 생각나는 장면들부터 조금씩 만화를 그려 올렸어요. 몇 컷 안 되는 만화였지만, 구체적인 장면을 떠올려야 한다는 것 자체가 저를 힘들게 했습니다. 하지만 그림으로 표현하고 나면 이름 모를 누군가에게 제 이야기를 털어놓은 것처럼 조금은 후련한 마음이 들기도 했어요.

독자님들이 조금씩 늘기 시작하면서 SNS를 통해 제게 메시지를 보내는 사람들 또한 많아졌습니다. 그렇게 제 생각보다 훨씬 더 많은 이들이 데이트 폭력으로 고통을 받고 있다는 사실을 알게 되었어요. 데이트 폭력은 저에게만 일어났던 특별한 사건이 아니었습니다. 제가 겪었던 폭력적인 상황과 폭언, 협박, 성적인 학대까지도 다른 분들의 사연과 너무나 비슷해서 소름이 돋을 정도였어요. 저는 제 자신이 세상에 드러나는 것이 무서워서 '이아리'라는 익명의 가면을 쓰고 이야기를 하고 있었는데, 세상에는 이미 수많은 '이아리'들이 존재하고 있었습니다.

저는 이 만화를 보는 아리들을 응원하고 싶습니다. 그리고 그런 상황에서 벗어나게 해주고 싶습니다. 당신의 잘못이 아니었다고 손을 꼭 잡고 말해주고 싶습니다. 그리고 피해자에게 화살을 돌리며 2차 가해를 하는 일부 사람들에게도, 우리가 왜 늪에 빠져서 허우적댈 수밖에 없었는지, 왜 단호하게 대처하지 못했는지, 왜 가만히 당할 수밖에 없었는지, 왜 이렇게 힘들고 괴로운지를 하나하나 설명해주고 싶습니다.

누구나 다 '이아리'가 될 수 있습니다. 누구나 데이트 폭력의 피해자가 될 수 있습니다. 누구나 잊지 못할 상처가 생길 수 있고, 누구보다도 약한 사람이 될 수 있습니다. 독자님들께 이아리의 이야기가 남의 이야기가 아닌, 우리 가까이에 있는 현실로 다가오길 바랍니다. 세상에는 수많은 아리들, 우리들이 있습니다.

— 이아리

다 이아리

누구나 겪지만 아무도 말할 수 없던 데이트 폭력의 기록

2019년 9월 30일 초판 1쇄 | 2023년 10월 19일 6쇄 발행

지은이 이아리
펴낸이 박시형, 최세현

마케팅 양근모, 권금숙, 양봉호, 이주형 **온라인홍보팀** 신하은, 현나래, 최혜빈
디지털콘텐츠 김명래, 최은정, 김혜정 **해외기획** 우정민, 배혜림
경영지원 홍성택, 김현우, 강신우 **제작** 이진영
펴낸곳 (주)쌤앤파커스 **출판신고** 2006년 9월 25일 제406-2006-000210호
주소 서울시 마포구 월드컵북로 396 누리꿈스퀘어 비즈니스타워 18층
전화 02-6712-9800 **팩스** 02-6712-9810 **이메일** info@smpk.kr

쌤앤파커스(Sam&Parkers)는 독자 여러분의 책에 관한 아이디어와 원고 투고를 설레는 마음으로 기
다리고 있습니다. 책으로 엮기를 원하는 아이디어가 있으신 분은 이메일 book@smpk.kr로 간단한
개요와 취지, 연락처 등을 보내주세요. 머뭇거리지 말고 문을 두드리세요. 길이 열립니다.